D1636256

Anton Tchekhov

Une banale histoire

Fragments du journal d'un vieil homme

*Traduction du russe
par Édouard Parayre, revue par Lily Denis*

Gallimard

Cette nouvelle est extraite du recueil *Le Duel* et autres nouvelles
(Folio Classique n° 1433).

Cette traduction a été publiée en 1971 par les Éditeurs français réunis.
© Éditions Gallimard, 1996, pour la traduction française.

Anton Tchekhov est né en janvier 1860 à Taganrog, un petit port de la mer d'Azov. En 1876, lorsque son père épicier fait faillite, la famille Tchekhov s'enfuit à Moscou pour échapper aux créanciers. Seul Anton reste à Taganrog pour finir ses études. Il ne rejoint sa famille que trois ans plus tard et s'inscrit à la faculté de médecine. Pour subvenir aux besoins des siens, il collabore à diverses revues humoristiques et commence à écrire, sans grand succès, pour le théâtre. Devenu médecin, il exerce à Moscou, publie son premier recueil *Les Contes de Melpomène* et fréquente les milieux du théâtre. Il fait la connaissance de Souvorine, directeur d'un grand quotidien réactionnaire de Pétersbourg et se lie d'amitié avec lui. *Ivanov*, un drame, est représenté le 19 novembre 1887 et suscite une vive polémique. L'année suivante, Tchekhov publie plusieurs récits au ton assez grave — comme *La Steppe* dans lequel l'immensité de la steppe russe est vue à travers le regard d'un enfant qui entreprend un long voyage, sur des chars à bœufs, vers le lointain lycée qui l'attend, vers une vie inconnue — et des pièces légères et très gaies. Il reçoit le prix Pouchkine pour son recueil *Dans le crépuscule*. En 1890, il s'engage dans un périple à travers la Sibérie pour voir de ses propres yeux les conditions de vie des bagnards. Trois ans plus tard, il publie *L'Île de Sakhaline* où il témoigne des atrocités dont sont victimes ceux que la société a condamnés. (« Tout autour la mer, au milieu l'enfer. ») Ce livre entraînera plusieurs réformes administratives. Il voyage ensuite en Europe et visite l'Autriche, l'Italie et la France. En 1892, il achète un domaine près de Moscou et prend une part active à la lutte contre le choléra. Il publie *Le Duel* et l'année suivante *Salle 6* dont le triste héros, le docteur Raguine, après avoir accepté dans l'indifférence la souffrance de ses malades, les mauvais traitements qui leur sont infligés, meurt en disant : « Tout m'est égal. » Tchekhov, atteint de la tuberculose, est contraint de passer l'hiver en France où il se passionne pour l'affaire Dreyfus. Après un premier échec retentissant, sa pièce *La Mouette* rencontre enfin le succès en 1897. En 1899, *Oncle Vania* est créé. Le rôle d'Éléna Andréevna est tenu par Olga Knipper que l'écrivain épouse en 1901. Les jeunes mariés ne passent guère de temps ensemble car Olga est très prise par sa carrière, tandis que Tchekhov, rongé par la maladie, vit à Yalta où il fréquente Tolstoï, Gorki, Bounine et Kouprine. En 1903, il publie ses dernières œuvres, *La Fiancée* et *La Cerisaie*, et meurt à Badenweiler le 2 juillet 1904. Il est enterré à Moscou au cimetière du monastère des Nouvelles-Vierges.

Ouvert aux influences modernes les plus diverses, Anton Tchekhov n'en est pas moins l'un des grands écrivains russes du XIXe siècle, toujours intéressé par les problèmes humains. Son œuvre a eu une influence importante sur des écrivains aussi différents que Maxime Gorki et Katherine Mansfield.

Découvrez, lisez ou relisez les livres d'Anton Tchekhov :

LA DAME AU PETIT CHIEN — UN ROYAUME DE FEMMES
(Folio n° 3266)

I

IL existe en Russie un professeur émérite du nom de Nicolaï Stépanovitch, conseiller secret[*] et chevalier des ordres de l'empire ; il a tant de décorations, russes ou étrangères, que, lorsqu'il les met, les étudiants l'appellent l'iconostase. Ses relations sont des plus aristocratiques ; à tout le moins, il n'y a pas eu en Russie, depuis vingt-cinq à trente ans, de savant illustre qu'il n'ait intimement connu. Aujourd'hui il n'a personne avec qui se lier, mais si l'on veut parler du passé la longue liste de ses illustres amis s'achève sur des noms comme

---

[*] Conseiller secret : troisième grade dans la hiérarchie des classes. Il confère la noblesse héréditaire.

ceux de Pirogov*, de Kavéline** et du poète Nekrassov***, qui l'ont gratifié de l'amitié la plus sincère et la plus chaleureuse. Il est membre de toutes les universités de Russie et de trois universités étrangères. Et ainsi de suite, et ainsi de suite. Tout cela, et beaucoup d'autres choses que l'on pourrait ajouter, constitue ce qu'on appelle « mon nom ».

Ce nom est célèbre. En Russie tout homme instruit le connaît, et, à l'étranger, quand on le cite du haut des chaires, c'est avec l'épithète de « fameux » et « honorable ». Il fait partie de ces quelques noms favorisés que l'on tient pour malséant de dénigrer ou de mentionner sans raison en public ou dans la presse. Et il doit en être ainsi. Car à mon nom est étroitement associée la notion d'homme illustre, richement doué et indubitablement utile. Je suis travailleur et résistant comme un chameau, ce qui est important, et j'ai du talent, ce qui l'est encore plus. En outre, il est à propos de dire que je suis bien élevé, mo-

* Pirogov (1810-1881) : chirurgien et anatomiste russe.
** Kavéline (1818-1885) : publiciste libéral et social.
*** Nekrassov (1821-1877) : poète russe partisan de la cause libérale.

deste et honnête. Je n'ai jamais fourré le nez dans la littérature ni la politique, recherché la popularité en polémiquant contre des ignorants, prononcé de discours dans des dîners ou sur la tombe de mes confrères… Bref, mon nom de savant est sans tache et absolument irréprochable. Il a un heureux destin.

Celui qui porte ce nom, c'est-à-dire moi, se présente comme un homme de soixante-deux ans, chauve, avec de fausses dents et un tic incurable. Autant mon nom est brillant et beau, autant je suis terne et laid. Ma tête et mes mains tremblent de faiblesse ; mon cou, comme celui d'une des héroïnes de Tourgueniev, ressemble à un manche de contrebasse, j'ai la poitrine creuse, le dos étroit. Quand je parle ou fais un cours, ma bouche se tord ; quand je souris, tout mon visage se couvre des sillons livides de la vieillesse. Rien d'imposant dans ma piteuse personne ; sinon, je crois, que lorsque je souffre de mon tic mon visage prend une expression particulière qui provoque sans doute chez quiconque me regarde une pensée impressionnante, austère : « Selon toute apparence, cet homme n'en a pas pour longtemps. »

Mes cours, comme par le passé, ne sont pas mal du tout ; comme autrefois je puis soutenir l'attention de mon auditoire deux heures durant. Mon ton passionné, les qualités littéraires de mon exposé et mon humour font passer presque sans qu'on s'en aperçoive les défauts de ma voix qui est sèche, aigre et chantonnante comme celle d'un cagot. Par contre, je rédige mal. La parcelle de mon cerveau qui préside à la faculté d'écrire a refusé le service. Ma mémoire a baissé, la suite dans les idées est défaillante, et quand je les couche sur le papier, il me semble que j'ai perdu le sens de leur lien organique, la construction est monotone, la phrase indigente et timide. Souvent j'écris autre chose que ce que je veux ; quand j'en suis à la fin, je ne me souviens plus du commencement. Souvent j'oublie les mots les plus ordinaires et je suis toujours obligé de dépenser beaucoup d'énergie pour éviter dans mes lettres les phrases inutiles et les incidentes superflues. Tout cela témoigne clairement de l'affaiblissement de mon activité cérébrale. Et il est à remarquer que plus la lettre est simple, plus l'effort est douloureux. Devant un article scientifique, je me sens beaucoup plus à l'aise et plus intelligent que devant une lettre de félicitations ou un bref rapport. Encore une remarque : il m'est plus facile d'écrire en allemand, ou en anglais, qu'en russe.

Quant à mon mode de vie actuel, je dois avant tout noter l'insomnie dont je souffre ces derniers temps. Si l'on me demandait : « Quel est aujourd'hui le trait principal et fondamental de ton existence ? », je répondrais : l'insomnie. Comme autrefois, par habitude, à minuit précis, je me déshabille et me mets au lit. Je m'endors vite, mais avant deux heures je me réveille avec la sensation de n'avoir pas dormi du tout. Je suis obligé de me lever et d'allumer. Pendant une heure ou deux je fais les cent pas dans ma chambre, je regarde des tableaux et des photographies que je connais depuis longtemps. Quand j'en ai assez de marcher, je m'assieds à mon bureau. Je reste immobile sur mon siège, sans penser à rien ni éprouver aucun désir ; si un livre se trouve devant moi, je l'approche machinalement et lis sans y prendre aucun intérêt. Ainsi, il n'y a pas longtemps, j'ai lu machinalement en une seule nuit un roman entier, au titre bizarre :

« Ce que chantait l'hirondelle[*] ». Ou bien, pour occuper mon attention, je me force à compter jusqu'à mille, ou je m'imagine la figure d'un de mes collègues et essaie de me rappeler en quelle année et dans quelles circonstances il a débuté. J'aime guetter les bruits. Tantôt dans la troisième chambre à partir de la mienne, ma fille prononce en rêve quelques mots rapides, tantôt ma femme traverse le salon, une bougie à la main, et laisse immanquablement tomber la boîte d'allumettes, tantôt une armoire, travaillée par la sécheresse, craque, ou bien, soudain, le brûleur de la lampe se met à ronfler, et tous ces bruits, je ne sais pourquoi, me tracassent.

Ne pas dormir la nuit, cela veut dire se reconnaître à chaque instant anormal, aussi j'attends avec impatience le matin et le jour où j'aurai le droit de ne pas dormir. Il s'écoule un temps interminable avant que le coq chante au-dehors. C'est mon premier message de bonne nouvelle. Dès qu'il a chanté, je sais que dans une heure, en bas, le portier va se réveiller et, se raclant la gorge d'un air irrité,

* Roman de l'écrivain allemand Friedrich Spielhagen.

montera l'escalier pour je ne sais trop quoi. Puis, derrière les fenêtres, l'espace pâlira peu à peu, des voix retentiront dans la rue…

Ma journée commence par la visite de ma femme. Elle vient me voir en jupon, non peignée, mais déjà lavée, fleurant l'eau de Cologne, comme si elle entrait par hasard et chaque fois elle dit la même chose :

« Excuse-moi, j'en ai pour une seconde… Tu n'as encore pas dormi ? »

Puis elle éteint ma lampe, s'assied près de mon bureau et se met à parler. Je ne suis pas prophète, mais je sais d'avance de quoi il va être question. Chaque matin c'est la même chose. D'ordinaire, après s'être inquiétée de ma santé, elle se souvient brusquement de notre fils, l'officier, qui est à Varsovie. Après le vingt de chaque mois, nous lui envoyons cinquante roubles : c'est là le thème essentiel de notre conversation.

« Bien sûr, c'est une lourde charge pour nous, soupire ma femme, mais tant qu'il n'est pas définitivement à même de se suffire, nous devons l'aider. Le petit est à l'étranger, avec une maigre solde… D'ailleurs, si tu le veux, le mois prochain, nous lui enverrons quarante roubles au lieu de cinquante. Qu'en penses-tu ? »

L'expérience quotidienne aurait dû convaincre ma femme que d'en parler souvent ne diminue pas nos dépenses, mais elle est réfractaire à l'expérience et, chaque matin, régulièrement, elle me parle de notre officier, me raconte que, Dieu merci, le prix du pain a diminué, mais que le sucre a augmenté de deux kopecks, et tout cela comme si elle m'apprenait une nouvelle.

J'écoute, opine machinalement et, sans doute parce que je n'ai pas dormi de la nuit, des pensées bizarres, oiseuses, s'emparent de moi. Je regarde ma femme et m'étonne comme un enfant. Je me demande, complètement abasourdi : se peut-il que cette vieille femme obèse, maladroite, qui porte sur le visage une expression obtuse faite de soucis mesquins et de crainte du lendemain, dont la vue est obscurcie par la pensée incessante des dettes et du besoin, qui ne sait parler que dépenses et ne sourire qu'au bon marché, se peut-il que cette femme-là ait été jadis la Varia si mince que j'ai passionnément aimée pour son bel esprit clair, pour son âme pure,

18

sa beauté et, comme Othello Desdémone, en raison de sa « compassion » pour ma science ? Se peut-il que ce soit Varia, ma femme, celle qui m'a jadis donné un fils ?

J'examine attentivement le visage de la vieille femme corpulente, maladroite, j'y cherche ma Varia, mais elle n'a gardé du passé que le souci de ma santé et sa façon d'appeler mes appointements « nos appointements », mon chapeau « notre chapeau ». Je souffre à la regarder, et, pour la consoler ne fût-ce qu'un peu, je la laisse dire ce qui lui plaît et même je me tais lorsqu'elle porte des jugements injustes sur les gens ou me tance parce que je ne fais pas de clientèle et ne publie pas de manuels.

Notre conversation finit toujours de la même façon. Elle se souvient tout à coup que je n'ai pas encore pris mon thé et s'affole.

« Qu'est-ce que je fais ? dit-elle en se levant. Le samovar est depuis longtemps sur la table et je suis là à bavarder. Ce que j'ai pu perdre la mémoire, mon Dieu ! »

Elle s'en va d'un pas vif et s'arrête à la porte pour dire :

« Nous devons cinq mois à Iégor. Tu le sais ?

Il ne faut pas négliger de régler les gages des domestiques, combien de fois te l'ai-je dit ! Payer dix roubles pour un mois est bien plus facile que cinquante pour cinq ! »

La porte passée, elle s'arrête à nouveau et dit :

« Il n'y a personne que je plaigne autant que notre pauvre Lisa. La petite est élève au Conservatoire, elle est sans cesse en contact avec la bonne société, et elle est habillée Dieu sait comment. Une pelisse à avoir honte de se montrer dans la rue. Si c'était la fille de quelqu'un d'autre, ce ne serait encore rien, mais c'est que tout le monde sait que son père est un professeur célèbre, conseiller secret ! »

Et, après m'avoir reproché mon nom et mon titre, elle s'en va enfin. C'est ainsi que commence ma journée. Elle ne se continue pas mieux.

Au moment où je prends mon thé, ma Lisa vient me voir, en pelisse, chapeau sur la tête, sa musique à la main, déjà prête à se rendre au Conservatoire. Elle a vingt-deux ans. Elle en paraît moins, est jolie et ressemble un peu à ma femme quand elle était jeune. Elle me baise tendrement la tempe et la main et dit :

« Bonjour, papa. Tu vas bien ? »

Enfant, elle aimait beaucoup les glaces, et il m'arrivait souvent de la mener à la pâtisserie. La glace était pour elle le critère du beau. Si elle voulait me faire un compliment, elle disait : « Tu es à la crème. » Un de ses doigts s'appelait pistache, l'autre crème, l'autre framboise, etc. D'habitude, quand elle venait me dire bonjour le matin, je la faisais asseoir sur mes genoux et, tout en baisant ses doigts, je disais :

« À la crème, à la pistache, au citron… »

Maintenant encore, par une vieille habitude, je baise les doigts de Lisa et marmotte : « À la pistache… à la crème… au citron… » mais ce n'est plus du tout ça. C'est moi qui suis froid comme une glace, et j'ai honte. Quand ma fille entre et qu'elle effleure ma tempe de ses lèvres, je tressaille comme si une abeille me piquait, j'esquisse un sourire contraint et détourne la tête. Depuis que je souffre d'insomnie, une question s'est accrochée dans ma cervelle : ma fille me voit souvent, moi, un vieillard, un homme célèbre, rougir douloureusement de devoir de l'argent à mon domestique ; elle voit souvent le souci de petites dettes m'obliger à interrompre mon travail, et à faire pensivement, durant des heures entières, les cent pas ; pourquoi jamais, à l'insu de sa mère, n'est-elle venue me trouver et me souffler à l'oreille : « Père, voici ma montre, mes bracelets, mes boucles d'oreilles, mes robes... Mets tout cela en gage, tu as besoin d'argent... » ? Pourquoi, quand elle voit son père et sa mère, cédant à un faux sentiment, s'efforcer de cacher leur pauvreté, pourquoi ne refuse-t-elle pas le coûteux plaisir de faire de la musique ? Je n'accepterais ni montre, ni bracelets, ni sacrifice, Dieu m'en garde, ce n'est pas de cela que j'ai besoin.

Je me souviens d'ailleurs de mon fils, l'officier de Varsovie. C'est un homme intelligent, honnête, sensé. Mais cela ne me suffit pas. Je pense que si j'avais un père âgé, si je savais qu'il y a des moments où il a honte de sa pauvreté, je laisserais mon poste d'officier à quelqu'un d'autre et j'irais m'embaucher comme ouvrier. De pareilles pensées sur mes enfants m'empoisonnent. À quoi riment-elles ? Contenir en soi une rage secrète contre des gens ordinaires parce qu'ils ne sont pas des héros ne peut être le fait que d'un homme étroit ou aigri. Mais assez là-dessus.

À dix heures moins le quart, je dois aller faire mon cours à mes chers élèves. Je m'habille et parcours un trajet que je connais depuis trente ans et qui possède, à mes yeux, son histoire. Voici la grande maison grise avec sa pharmacie ; dans le temps, il y avait au même endroit une petite maison et un débit de bière ; c'est là que j'ai ruminé ma thèse et écrit ma première lettre d'amour à Varia. Je l'ai écrite au crayon, sur une feuille qui portait en tête : *Historia morbi*[*]. Voici l'épicerie ; dans le temps, elle avait été tenue par un petit juif qui me vendait des cigarettes à crédit, puis par une grosse femme qui aimait les étudiants parce que « chacun d'eux a une mère » ; maintenant c'est un marchand roux, indifférent à tout, qui fait son thé dans une théière de cuivre. Voici la grande porte de la Faculté, aux vantaux rébarbatifs et qui auraient, depuis longtemps, besoin d'un coup de pinceau ; le concierge, dans son *touloupe*, qui s'ennuie, un balai, des tas de neige… Sur un garçon fraîchement débarqué de sa province qui s'imagine que le temple de la science est

---

[*] *Historia morbi* : histoire de la maladie, en-tête d'un imprimé en usage dans les hôpitaux.

véritablement un temple, une porte comme celle-là ne peut pas faire bonne impression. Au reste la vétusté des locaux universitaires, l'obscurité des couloirs, la suie des murs, le manque de lumière, la tristesse des escaliers, des portemanteaux et des bancs occupent dans l'histoire du pessimisme russe, sur la liste des causes prédisposantes, une des premières places… Et voici notre jardin. Depuis le temps où j'étais étudiant, il n'est, je crois, devenu ni mieux ni pire. Je ne l'aime pas. Il serait plus intelligent d'y faire pousser, au lieu de tilleuls phtisiques, de buissons d'acacia jaunâtre et de lilas clairsemés et tondus, de grands pins et de beaux chênes. L'étudiant, dont les dispositions d'esprit sont déterminées, dans la majorité des cas, par ce qui l'entoure, ne doit voir, à chaque pas, là où il s'instruit, que des choses élevées, fortes et élégantes… Dieu le préserve des arbres maigres, des carreaux cassés, des murs gris et des portes capitonnées de toile cirée en lambeaux !

Quand j'arrive au perron, la porte s'ouvre toute grande et je suis accueilli par mon vieux compagnon, mon contemporain et mon homonyme, Nicolaï l'appariteur. En me faisant entrer il se racle la gorge et dit :

« Il gèle, Votre Excellence ! »

Ou bien, si ma pelisse est mouillée :

« Il pleut, Votre Excellence ! »

Ensuite il s'élance devant moi et ouvre toutes les portes sur mon passage. Dans mon cabinet, il m'enlève ma pelisse avec précaution et se hâte en même temps de me faire part de quelque nouvelle universitaire. Grâce aux étroites relations qui existent entre tous les appariteurs et concierges des facultés, il sait ce qui se passe dans les quatre facultés, au secrétariat, dans le cabinet du recteur, à la bibliothèque. Que ne sait-il pas ? Quand l'événement du jour est, par exemple, la retraite du recteur ou du doyen, je l'entends qui bavarde avec ses jeunes collègues, leur nomme les candidats et leur explique que le ministre ne validera pas l'élection d'un tel, que tel autre refusera de lui-même, puis se lance dans des détails fantastiques sur des papiers mystérieux reçus au secrétariat, sur une prétendue conversation secrète du ministre avec le curateur, etc. Hormis ces détails, en somme ce qu'il dit se révèle presque toujours exact. Les caractéristiques qu'il donne de chaque candidat sont originales, mais justes, elles aussi.

Si vous voulez savoir en quelle année un tel a soutenu sa thèse, a débuté, a pris sa retraite ou est mort, appelez à votre aide l'énorme mémoire de cet homme en uniforme et il vous dira non seulement l'année, le mois et le jour, mais il vous fournira les détails qui accompagnèrent telle ou telle de ces circonstances. Seul celui qui aime peut se souvenir ainsi.

Il est le gardien de nos traditions. De ses prédécesseurs il a reçu en héritage beaucoup de légendes de la vie universitaire, a ajouté à ce patrimoine beaucoup de richesses de son cru recueillies dans l'exercice de ses fonctions, et, si vous le voulez, il vous racontera beaucoup d'histoires longues ou courtes. Il peut vous parler de sages extraordinaires qui savaient *tout*, de travailleurs remarquables, qui ne dormaient pas des semaines entières, des nombreux martyrs et victimes de la science ; dans sa bouche le bien triomphe du mal, le faible vainc toujours le fort, le sage le sot, le modeste l'orgueilleux, le jeune le vieux… Nul besoin de prendre ces légendes et ces fictions pour argent comptant, mais décantez-les, et il en restera dans le filtre ce qu'il faut : nos bonnes traditions et les noms de véritables héros, reconnus de tous.

Dans notre société toutes les connaissances sur le monde des savants se réduisent à des histoires drôles alimentées par l'extraordinaire distraction de quelques vieux professeurs et deux ou trois bons mots attribués à Grüber[*], à moi, à Baboukhine[**]. Pour une société instruite, c'est peu. Si elle aimait la science, les savants et les étudiants autant que Nicolaï, sa littérature compterait depuis longtemps de véritables épopées, des « dits » et des « vies » qu'elle ne possède malheureusement pas aujourd'hui.

Une fois la nouvelle du jour communiquée, le visage de Nicolaï prend un aspect austère et nous nous mettons à parler travail. Si, à ce moment-là, un étranger entendait avec quelle aisance Nicolaï manie la terminologie, il pourrait penser que c'est un savant en uniforme d'appariteur. Soit dit en passant, les bruits qui courent sur l'érudition des appariteurs de facultés sont très exagérés. À dire vrai, Nicolaï connaît plus de cent dénominations latines, il

[*] Grüber (1814-1890) : anatomiste russe.
[**] Baboukhine (1835-1891) : histologiste et physiologiste russe.

sait remonter un squelette, quelquefois effectuer une préparation, faire rire les étudiants par quelque longue citation savante, mais, par exemple, la théorie pourtant bien simple de la circulation du sang lui est, aujourd'hui encore, aussi obscure qu'il y a vingt ans.

À la table de mon cabinet, je retrouve, profondément courbé sur un livre ou une préparation, Ignatiévitch, mon prosecteur, homme appliqué, modeste, mais peu doué, âgé de trente-cinq ans environ, déjà chauve et ventripotent. Il travaille du matin au soir, lit énormément, se souvient parfaitement de tout ce qu'il a lu, et, à cet égard, ce n'est pas un homme mais un trésor ; quant au reste, c'est un cheval de trait, ou, comme on dit, une brute savante. Les traits caractéristiques du cheval de trait, ceux qui le distinguent de l'homme de talent sont : un horizon borné et étroitement limité à la spécialité ; hors de cette dernière, une naïveté d'enfant. Je me rappelle qu'un matin j'entrai dans mon cabinet et dis :

« Figurez-vous, quel malheur ! On dit que Skobeliov[*] est mort ! »

* Skobeliov : général de la guerre russo-turque.

Nicolaï se signa tandis qu'Ignatiévitch se tournait vers moi et me demandait :

« Qui ça, Skobeliov ? »

Une autre fois — c'était un peu avant — je lui avais annoncé la mort du professeur Pérov*. Le très cher Ignatiévitch me demanda :

« Il faisait des cours de quoi ? »

Je crois que si la Patti lui chantait à l'oreille, si une horde de Chinois envahissait la Russie, s'il arrivait un tremblement de terre, il ne bougerait pas d'un pouce et continuerait, clignant de l'œil, à observer posément les lames de son microscope. En un mot il ne se soucie pas d'Hécube. Je paierais cher pour voir comment ce biscuit sec dort avec sa femme.

Autre trait : une foi fanatique en l'infaillibilité de la science et surtout en tout ce qu'écrivent les Allemands. Il est sûr de lui, de ses préparations, connaît le but de la vie et ignore complètement les doutes et les déceptions qui font blanchir les cheveux des hommes de talent. Adoration servile envers quiconque fait autorité, nul besoin de pensée indépendante. Il est difficile de le dissua-

* Pérov (1833-1882) : peintre.

der, impossible de discuter avec lui. Allez discuter avec un homme profondément convaincu que la plus belle science est la médecine, que les meilleures gens sont les médecins, les meilleures traditions, les traditions médicales. D'un fâcheux passé médical il n'a gardé qu'une tradition : la cravate blanche que portent aujourd'hui nos confrères ; aux yeux d'un savant ou d'un homme cultivé il ne peut exister que des traditions communes à toutes les universités, sans subdivisions médicale, juridique, etc., mais Ignatiévitch en conviendra difficilement, et il est prêt à discuter avec vous là-dessus jusqu'au Jugement dernier.

Je vois clairement son avenir. Toute sa vie durant il exécutera une centaine de préparations d'une exactitude extraordinaire, écrira un grand nombre d'analyses sèches, excellentes, fera une dizaine de traductions consciencieuses, mais n'inventera pas la poudre. Pour inventer la poudre il faut de l'imagination, de l'invention, de l'intuition et Ignatiévitch ne possède rien de pareil. Bref, ce n'est pas un patron, mais un manœuvre de la science.

Ignatiévitch, Nicolaï et moi, nous parlons à mi-voix. Nous ne nous sentons pas très à l'aise.

On éprouve un sentiment particulier quand, derrière une porte, un auditoire rugit comme une mer. En trente ans je ne me suis pas fait à ce sentiment et je le ressens chaque matin. Je boutonne nerveusement ma redingote, pose à Nicolaï des questions inutiles, me mets en colère… On pourrait croire que j'ai peur, mais ce n'est pas cela, c'est autre chose que je ne puis ni nommer ni décrire.

Je regarde ma montre sans nécessité et je dis :

« Allons, il faut y aller. »

Et nous entrons dans l'ordre suivant : d'abord Nicolaï portant les préparations ou les planches ; ensuite, moi ; derrière vient, baissant modestement la tête, le cheval de trait, ou, lorsque c'est nécessaire, on fait d'abord entrer un cadavre sur un brancard, suivi de Nicolaï, etc. Quand j'apparais, les étudiants se lèvent, puis se rasseyent, et le bruit de la mer s'apaise subitement. C'est l'embellie.

Je sais de quoi je vais parler, mais je ne sais comment, ni par où je vais commencer et finir. Je n'ai pas une seule phrase toute prête dans la tête. Mais il me suffit de regarder l'auditoire (disposé en amphithéâtre) et de prononcer ce vieux stéréotype : « La dernière fois nous en sommes restés à… » pour qu'une longue file de phrases sorte de mon âme, et en avant la musique ! Je parle avec une vitesse, une passion sans retenue, et je crois qu'il n'est pas de force capable d'interrompre le fil de mon discours. Pour bien faire son cours, c'est-à-dire pour qu'il soit profitable, et non pas ennuyeux, il faut, outre les dons naturels, de l'habileté et de l'expérience, une idée nette de ses forces, de ceux à qui l'on s'adresse, de ce qui constitue le sujet de la leçon. De plus il faut rester sur son quant-à-soi, demeurer vigilant, et ne pas perdre son domaine de vue une seule seconde.

Un bon chef d'orchestre, pour traduire la pensée du compositeur, fait vingt choses à la fois : il lit la partition, agite sa baguette, suit le chanteur, fait un signe au tambour ou au cor, etc. Et moi de même quand je fais mon cours. J'ai devant moi cent cinquante têtes différentes et trois cents yeux braqués sur moi. Mon but est de l'emporter sur cette hydre à têtes multiples. Si je conserve, à chaque instant, une idée nette de son degré d'attention et de la force de son entendement, elle est en mon pouvoir. Mon autre adversaire est en moi-même. C'est l'infinie diversité des formes, des phénomènes et des lois, et la quantité d'idées personnelles et non personnelles qu'elles conditionnent. À chaque instant je dois avoir l'habileté de saisir dans cette énorme matière le plus utile, l'essentiel et, aussi vite que va ma parole, de revêtir cette pensée d'une forme accessible à l'entendement de l'hydre et susceptible d'éveiller son attention ; en même temps il faut bien prendre garde de ne pas lui livrer mes pensées à mesure qu'elles s'accumulent, mais dans un ordre déterminé, indispensable à la judicieuse composition du tableau que je veux tracer. Je m'efforce aussi de donner à mon cours une tenue littéraire, d'utiliser des définitions courtes et exactes, une phrase le plus simple et le plus belle possible. À chaque instant je dois me réfréner et me rappeler que je ne dispose que d'une heure quarante. Bref, la besogne ne me manque pas. Il faut, à la fois, se montrer érudit, pédagogue, orateur, et il serait fâcheux que l'orateur l'emportât sur le pédagogue et l'érudit ou vice versa.

Au bout d'un quart d'heure, d'une demi-heure, on s'aperçoit que les étudiants commencent à regarder le plafond, ou Ignatiévitch, l'un cherche son mouchoir, un autre s'assied plus à son aise, un troisième sourit à ses pensées… C'est signe que leur attention se lasse. Il faut prendre des mesures. À la première occasion je lance un calembour. Les cent cinquante visages font un large sourire, les yeux brillent gaiement, on réentend pendant quelques instants le bruit de la mer… Moi aussi je ris. L'attention est ranimée, et je peux continuer.

Aucun sport, aucune distraction, ni aucun jeu ne m'ont jamais apporté autant de jouissance qu'un cours. C'est là seulement que je pouvais m'abandonner tout entier à ma passion et comprenais que l'inspiration n'est pas une invention de poète, mais existe réellement. Et je pensais qu'Hercule, après le plus piquant de ses exploits, n'éprouva pas plus voluptueuse lassitude que moi après chaque cours.

C'était autrefois. Aujourd'hui je n'y éprouve que du tourment. Il ne s'est pas écoulé une demi-heure que je ressens une faiblesse invincible dans les jambes et les épaules ; je m'assieds dans mon fauteuil, mais je n'ai pas l'habitude de parler assis ; une minute après je me lève, continue debout, puis me rassieds. J'ai la bouche sèche, ma voix s'enroue, la tête me tourne… Pour cacher mon état à mon auditoire, à tout instant, je bois un verre d'eau, m'éclaircis la voix, me mouche comme si j'étais enrhumé, je fais des calembours à contretemps et, finalement, j'annonce la suspension avant l'heure. Mais surtout, j'ai honte.

Ma conscience et mon esprit me disent que le mieux serait de faire à mes jeunes gens un cours d'adieu, de leur dire un dernier mot, de leur donner ma bénédiction et de céder la place à un homme plus jeune et plus solide que moi. Mais, que Dieu soit mon juge ! je n'ai pas le courage d'agir selon ma conscience.

Par malheur je ne suis ni philosophe ni théologien. Je sais bien que je n'ai pas plus de six mois à vivre ; il semblerait donc que je devrais surtout me préoccuper des ténébreux problèmes d'outre-tombe et des visions qui hanteront mon sommeil sépulcral. Mais, je ne sais pourquoi, mon âme veut ignorer ces questions-là, quoique mon esprit en reconnaisse toute l'importance. Comme il y a vingt ou trente ans, aujourd'hui encore, devant la mort, seule la science m'intéresse. En rendant le dernier soupir je croirai quand même que la science est ce qu'il y a de plus important, de plus beau et de plus utile dans la vie de l'homme, qu'elle a toujours été et sera toujours la plus haute manifestation de l'amour et que c'est par elle seule que l'homme vaincra la nature et se vaincra lui-même. Cette foi est peut-être naïve et mal fondée, mais ce n'est pas ma faute si c'est cela, et pas autre chose, que je crois ; je ne puis la vaincre en moi.

Mais là n'est pas la question. Je demande seulement qu'on ait de l'indulgence pour ma faiblesse et qu'on comprenne qu'arracher à sa chaire et à ses étudiants un homme que les destinées de la moelle épinière intéressent plus que la fin dernière du monde, équivaudrait à l'enfermer vivant dans le cercueil.

L'insomnie et les suites de la lutte acharnée que je mène contre une faiblesse sans cesse aggravée produisent en moi un effet étrange. Au milieu de mon cours les larmes me montent soudain à la gorge, les yeux me piquent et j'éprouve un désir passionné, hystérique, de tendre les bras et de me plaindre tout haut. J'ai envie de crier à tue-tête que moi, un homme célèbre, la destinée m'a condamné à mort, que, dans quelque six mois, un autre sera le maître de cet amphithéâtre. J'ai envie de crier que je suis empoisonné ; des pensées nouvelles, des pensées que je n'avais jamais connues, gâtent les derniers jours de mon existence et continuent à me dévorer le cerveau comme autant de moustiques. À ce moment-là, ma situation me paraît si effroyable que je souhaite voir tous mes auditeurs, épouvantés, se lever et, en proie à une terreur panique, se précipiter vers la sortie avec un cri de désespoir. Il n'est pas facile d'endurer des moments pareils.

II

Après mon cours je reste chez moi à travailler. Je lis des revues, des thèses, ou je prépare mon prochain cours, parfois j'écris. Mon travail est fréquemment interrompu par des visiteurs.

Un coup de sonnette. C'est un collègue qui

vient me parler de ses travaux. Il entre, chapeau et canne à la main et, tout en tendant vers moi l'un et l'autre, dit :

« J'en ai pour un instant ! Restez assis, collègue ! Deux mots seulement. »

Avant tout nous essayons de nous prouver mutuellement que nous sommes tous deux extraordinairement polis et enchantés de nous voir. Je lui offre un fauteuil et il attend, pour s'asseoir, que je sois assis ; en même temps nous nous passons délicatement l'un à l'autre la main sur la taille, nous touchons nos boutons comme si nous nous tâtions mutuellement et craignions de nous brûler. Nous rions tous deux, sans avoir rien dit de drôle. Une fois assis, nous penchons nos têtes l'un vers l'autre et nous mettons à parler à mi-voix. Si cordiales que soient nos dispositions réciproques, nous ne pouvons nous empêcher de dorer nos propos de toutes sortes de chinoiseries du genre : « Vous avez très justement remarqué » ou « Comme j'ai déjà eu l'honneur de vous le dire », de rire aux éclats si l'un de nous fait un trait d'esprit, même mal venu. En ayant terminé avec son affaire, le collègue se lève précipitamment et, agitant son chapeau en direction de mon travail, prend congé. À nouveau nous nous tâtons et rions. Je le raccompagne jusqu'au vestibule, je l'aide à enfiler sa pelisse, mais il se défend par tous les moyens de ce grand honneur. Puis, quand Iégor ouvre la porte, mon collègue m'assure que je vais prendre froid, et je fais semblant d'être prêt à l'accompagner jusque dans la rue. Lorsque enfin je rentre dans mon cabinet, mon visage continue à sourire, par inertie, sans doute.

Peu après, nouveau coup de sonnette. Quelqu'un entre dans le vestibule, se débarrasse longuement de son manteau et se racle la gorge. Iégor m'annonce un étudiant. Je lui dis : Fais-le entrer. Une minute après entre un jeune homme d'aspect agréable. Depuis un an nos relations sont tendues : il me fait des réponses lamentables aux interrogations et je lui mets des *un*. De ces gaillards que, pour parler le jargon des étudiants, je fais sécher ou je recale, je m'en trouve chaque année environ sept. Ceux d'entre eux qui échouent par incapacité ou pour cause de maladie portent ordinairement leur croix avec patience et ne marchandent pas ; ceux qui marchandent et viennent me trouver, ce sont les sanguins, les natures généreuses dont un échec aux examens gâte l'appétit et qu'il empêche de fréquenter régulièrement l'opéra. Aux premiers je suis tout indulgence, quant aux seconds je les fais sécher toute l'année.

« Asseyez-vous, dis-je à mon visiteur. Qu'avez-vous à me dire ?

— Excusez-moi de vous déranger, monsieur le professeur…, commence-t-il en bégayant sans me regarder en face. Je ne me serais pas permis de vous déranger si je ne… Je me suis déjà présenté cinq fois à l'examen et j'ai échoué… Je viens vous demander d'avoir la bonté de m'accorder la moyenne parce que… »

L'argument que tous les fainéants emploient est toujours le même : ils ont très bien réussi dans toutes les matières et ils n'ont échoué qu'avec moi et cela les étonne d'autant plus qu'ils ont toujours très bien travaillé la matière que j'enseigne et qu'ils la connaissaient fort bien ; ils ont été recalés par suite d'un incompréhensible malentendu.

« Excusez-moi, mon ami, dis-je à mon hôte, je ne puis vous accorder la moyenne. Allez revoir votre cours et revenez. Nous déciderons alors. »

Un silence. Il me vient l'envie de tourmenter un peu mon étudiant parce qu'il préfère la bière et l'opéra à la science, et je dis avec un soupir :

« À mon avis, le mieux que vous puissiez faire, c'est d'abandonner complètement les études médicales. Si, avec vos moyens, vous ne pouvez être reçu à votre examen, c'est qu'évidemment vous n'avez ni l'envie ni la vocation d'être médecin. »

La mine du jeune homme sanguin s'allonge.

« Excusez-moi, monsieur le professeur, sourit-il, mais ce serait une décision pour le moins singulière. Avoir fait cinq ans d'études et tout à coup... abandonner !

— Mais si ! Il vaut mieux avoir perdu cinq ans que de faire ensuite toute sa vie un métier que l'on n'aime pas. »

Mais aussitôt pris de pitié, je me hâte d'ajouter :

« Au reste, ce sera comme vous voudrez. Alors revoyez encore votre cours, et revenez.

— Quand ? demande le fainéant d'une voix sourde.

— Quand vous voudrez. Même demain. »

Et dans ses bons yeux je lis : « Revenir, je

le peux, mais, animal, tu vas encore me recaler ! »

« Bien sûr, dis-je, vous ne serez pas plus savant d'avoir passé quinze fois l'examen avec moi, mais cela vous forme le caractère. Ce sera toujours ça de gagné. »

Le silence retombe. Je me lève et attends que mon visiteur se retire, mais il reste debout, regarde par la fenêtre, tortille sa barbiche et réfléchit. Ça devient ennuyeux.

L'étudiant sanguin a une voix agréable, pleine, des yeux intelligents, une figure paisible, quelque peu flétrie par l'usage fréquent de la bière et les longues siestes sur un divan ; apparemment il pourrait me raconter beaucoup de choses intéressantes sur l'opéra, sur ses aventures amoureuses, sur ses camarades favoris, mais, malheureusement, il n'est pas d'usage de parler de ces choses. Je l'aurais volontiers écouté.

« Monsieur le professeur ! Je vous donne ma parole d'honneur que si vous me mettez la moyenne, je... »

Dès qu'on en arrive à la parole d'honneur, je lève les bras au ciel et m'assieds à mon bureau. L'étudiant réfléchit encore un instant et dit tristement :

« En ce cas, au revoir, monsieur… Excusez-moi.

— Au revoir, mon ami. Portez-vous bien. »

Il gagne le vestibule d'un pas hésitant, enfile lentement son manteau et, une fois dans la rue, réfléchit sans doute encore longtemps ; n'ayant rien trouvé d'autre que de lâcher un « vieux démon » à mon adresse, il s'en va boire de la bière et manger dans quelque mauvais restaurant, puis rentre se coucher. Paix à tes cendres, honnête travailleur !

Troisième coup de sonnette. Entre un jeune médecin en complet noir neuf, avec des lunettes d'or et, bien entendu, une cravate blanche. Il se présente. Je le fais asseoir et lui demande ce qu'il désire. Non sans émotion, le jeune prêtre de la science me dit qu'il a passé cette année les épreuves du doctorat et qu'il ne lui reste plus qu'à rédiger sa thèse. Il voudrait travailler avec moi, sous ma direction, et je l'obligerais beaucoup en lui indiquant un sujet.

« Très heureux de vous être utile, cher collègue, dis-je, mais auparavant, entendons-nous bien sur ce qu'est une thèse. Il est convenu d'entendre par ce mot un ouvrage résultant de travaux personnels, c'est bien ainsi ? Or un travail consacré à un sujet fourni par un autre et sous la direction d'un autre porte un autre nom… »

Le candidat au doctorat se tait. Je m'échauffe et me lève.

« Pourquoi venez-vous me trouver, je ne le comprends pas ! crié-je en colère. Est-ce que je tiens une boutique ? Je ne fais pas commerce de sujets de thèse ! Pour la mille et unième fois, je vous prie tous de me laisser tranquille ! Excusez-moi d'être discourtois, mais à la fin, j'en ai assez. »

Le candidat au doctorat garde le silence, seule une légère rougeur apparaît autour de ses pommettes. Son visage exprime un profond respect pour mon illustre nom et mon savoir, mais, à ses yeux, je vois qu'il méprise ma voix, ma pitoyable silhouette, mes gesticulations. Il interprète ma colère comme un trait d'originalité.

« Je ne tiens pas boutique ! dis-je furieux. Et c'est étonnant ! Pourquoi ne pas vouloir être indépendant ? Pourquoi la liberté vous répugne-t-elle à ce point ? »

Je parle beaucoup, il continue à se taire.

Finalement, je m'apaise peu à peu et, bien entendu, je me rends. Il recevra de moi un sujet qui ne vaut pas un liard, écrira sous ma direction une thèse sans utilité, assumera avec dignité une soutenance ennuyeuse et recevra un titre dont il n'a que faire.

Les coups de sonnette peuvent se succéder indéfiniment, mais je me bornerai à en mentionner quatre. Le quatrième retentit et j'entends des pas connus, un froufrou de robe, une voix chère…

Il y a dix-huit ans est mort un de mes collègues, un ophtalmologiste, il est mort en laissant une fille de sept ans et une fortune de soixante mille roubles. Dans son testament il m'avait désigné comme tuteur. Jusqu'à dix ans, Katia a vécu dans ma maison, puis elle est entrée au pensionnat et n'est plus revenue chez moi que pendant l'été, à l'époque des vacances. Je n'avais pas le temps de m'occuper de son éducation, je ne la surveillais que par à-coups, c'est pourquoi je ne puis dire que fort peu de chose de son enfance.

Le premier souvenir que j'ai et que j'aime à évoquer, c'est l'extraordinaire confiance avec laquelle elle est entrée dans ma maison, s'est laissé soigner par les médecins, et qui a toujours illuminé son petit visage. Parfois, je la voyais assise dans un coin, la joue bandée, toujours occupée à examiner quelque chose avec attention ; qu'elle me vît à ce moment-là, en train d'écrire ou de feuilleter un livre, ou ma femme, en train de vaquer à ses occupations, ou la cuisinière dans sa cuisine, en train d'éplucher des pommes de terre, ou le chien en train de jouer, son regard exprimait invariablement la même pensée : « Tout ce qui se fait en ce monde est beau et intelligent. » Elle était curieuse et aimait beaucoup parler avec moi. Souvent elle s'asseyait à mon bureau, en face de moi, suivait mes gestes et me posait des questions. Il l'intéressait de savoir ce que je lisais, ce que je faisais à la faculté, si je n'avais pas peur des cadavres, à quoi j'employais mon traitement.

« Les étudiants se battent à la faculté ? demandait-elle.

— Oui, ma chérie.

— Et vous les faites mettre à genoux.

— Oui. »

L'idée que des étudiants se battaient, que je les faisais mettre à genoux, lui paraissait drôle, et elle riait. C'était une enfant douce, patiente et bonne. Plus d'une fois je lui ai vu confisquer un objet, je l'ai vue punie sans motif, j'ai vu ses questions rester sans réponse ; à ces moments-là, à sa perpétuelle expression de confiance s'ajoutait un air de tristesse et c'était tout. Je ne savais pas prendre sa défense, et c'est seulement lorsque je la voyais triste que j'avais envie de l'attirer dans mes bras, de la plaindre comme une vieille nourrice : « Pauvre chérie, pauvre orpheline… »

Je me rappelle aussi qu'elle aimait mettre de belles robes et se parfumer. À cet égard elle me ressemblait. Moi aussi j'aime la toilette et les parfums.

Je regrette de ne pas avoir eu le temps et le goût de suivre le début et le développement de la passion qui possédait déjà entièrement Katia à quatorze ou quinze ans. Je parle de son amour du théâtre. Aux grandes vacances, qu'elle passait chez nous, elle ne parlait de rien avec autant de plaisir et de chaleur que de pièces et d'acteurs. À nous parler perpétuellement de théâtre elle finissait par nous fatiguer. Ma femme et mes enfants ne l'écoutaient pas. Moi seul, je n'avais pas le courage de lui refuser mon attention. Quand elle éprouvait le désir de faire partager ses enthousiasmes, elle entrait dans mon cabinet et disait d'un ton suppliant :

« Permettez-moi de parler théâtre avec vous ! » Je lui montrais la pendule et disais :

« Je te donne une demi-heure. Va. »

Par la suite, elle se mit à apporter des douzaines de portraits d'acteurs et d'actrices qu'elle vénérait ; puis elle s'essaya plusieurs fois à des spectacles d'amateurs et, pour finir, quand elle eut achevé ses études au pensionnat, elle me déclara qu'elle était née pour être actrice.

Je n'ai jamais partagé son engouement pour le spectacle. À mon avis, si une pièce est bonne, point n'est besoin, pour qu'elle fasse l'impression voulue, d'importuner des acteurs ; on peut se borner à la lire. Si elle est mauvaise, aucun jeu ne la rendra bonne.

Dans ma jeunesse j'allais souvent au théâtre et maintenant, deux fois par an, ma famille prend une loge et m'y emmène « prendre l'air ». Bien sûr, c'est insuffisant pour avoir le droit de porter un jugement sur lui, j'en dirai néanmoins deux mots. À mon avis, il n'est pas meilleur qu'il n'était il y a trente ou quarante ans. Comme autrefois, ni dans les couloirs ni au foyer, je ne puis trouver un verre d'eau. Comme autrefois, les ouvreurs me pénalisent de vingt kopecks pour ma pelisse, bien qu'il n'y ait rien de répréhensible à porter l'hiver un vêtement chaud. Comme autrefois, aux entractes, on nous fait, sans aucune nécessité, entendre de la musique, ajoutant à l'impression causée par la pièce une impression nouvelle, superfétatoire. Comme autrefois, aux entractes les hommes vont boire des alcools au buffet. Si je n'aperçois pas de progrès dans les petites choses, en vain en chercherais-je dans les grandes. Quand un acteur, empêtré de la tête aux pieds dans les traditions et les préjugés, s'efforce de dire un monologue aussi simple, aussi ordinaire que celui d'Hamlet, non pas avec simplicité mais à tous coups avec des sifflements dans la voix et des convulsions de tout le corps, ou quand il veut me convaincre à tout prix que Tchatski[*], qui bavarde beaucoup avec des sots et aime une sotte, est

---

[*] Tchatski : personnage principal de la comédie de Griboïedov, *Le malheur d'avoir trop d'esprit.*

un homme d'esprit, que *Le malheur d'avoir trop d'esprit* n'est pas une pièce ennuyeuse, je retrouve sur la scène cette même routine qui m'assommait déjà il y a quarante ans, quand on me régalait de pièces classiques où l'on hurlait et se frappait la poitrine. Et, chaque fois, j'en ressors plus conservateur que je n'y étais entré.

On peut persuader une foule sentimentale et crédule que le théâtre, dans son état actuel, est une école. Mais celui qui sait ce qu'est réellement une école ne mordra pas à cette amorce. Je ne sais ce qu'il adviendra dans cinquante ou cent ans, mais, dans les conditions présentes, le théâtre ne peut servir que de divertissement. Et ce divertissement coûte trop cher pour qu'on continue à en user. Il prive l'État de milliers d'hommes et de femmes pleins de santé et de talent qui, sauf à se vouer au théâtre, auraient pu faire de bons médecins, de bons agriculteurs, de bonnes institutrices, de bons officiers ; il prive le public des heures du soir, le meilleur moment pour le travail intellectuel et les conversations entre amis. Et je ne parle pas des dépenses ni du préjudice moral subi par le spectateur quand il voit, traités à faux sur la scène, le meurtre, l'adultère ou la calomnie.

Katia était d'un tout autre avis. Elle m'assurait que le théâtre, même dans son état actuel, l'emportait sur l'amphithéâtre universitaire, sur les livres, sur tout au monde. Le théâtre était une force qui réunissait à elle seule tous les arts et les acteurs étaient des missionnaires. Aucun art ni aucune science, pris séparément, n'étaient à même d'agir aussi fortement et sûrement sur l'âme humaine, et ce n'est pas sans raison qu'un acteur de moyenne grandeur jouissait dans le pays d'une bien plus grande popularité que le plus grand savant ou le plus grand artiste. Aucune activité publique ne pouvait apporter autant de jouissance et de satisfaction que celle de la scène.

Et un beau jour, elle entra dans une troupe et partit, pour Oufa, je crois, emportant beaucoup d'argent, une masse d'espérances radieuses et des idées aristocratiques sur le théâtre.

Ses premières lettres, écrites en cours de route, furent étonnantes. En les lisant, j'étais abasourdi que ces petits feuillets pussent contenir tant de jeunesse, de pureté d'âme,

de sainte naïveté et, en même temps, de jugements fins, pertinents, qui auraient pu faire
honneur à un bon esprit masculin. La Volga,
la nature, les villes qu'elle visitait, ses camarades, ses succès et ses échecs, elle ne les
décrivait pas, elle les chantait ; chaque ligne
respirait la confiance que j'avais l'habitude
de lire sur son visage — ajoutez à cela une
quantité de fautes de grammaire et une ponc-
tuation presque toujours absente.

Moins de dix mois après, je reçus une lettre
hautement poétique et enthousiaste commen-
çant ainsi : « J'aime. » À la lettre était jointe
une photographie, représentant un jeune
homme au visage rasé, avec un large chapeau
et un plaid jeté sur l'épaule. Les lettres sui-
vantes étaient, comme les premières, magnifiques, mais elles étaient ponctuées, sans fautes
de grammaire et sentaient fortement l'homme.
Katia m'écrivait que ce serait bien de cons-
truire, quelque part sur la Volga, un grand
théâtre, uniquement sous forme de société
en commandite et d'intéresser à cette entreprise les riches marchands et les armateurs ;
on ferait beaucoup d'argent, des recettes
énormes, les acteurs seraient associés à l'af-

faire… Cela était peut-être fort bien, en effet, mais je crois que de pareilles combinaisons ne peuvent germer que dans la tête d'un homme.

Quoi qu'il en soit, selon toute apparence, pendant un an et demi ou deux, tout alla bien : Katia était amoureuse, croyait à son art et était heureuse, mais ensuite je remarquai dans ses lettres des signes manifestes de découragement. Elle commença par se plaindre de ses camarades — c'est là le premier et le plus mauvais des symptômes ; si un jeune savant ou un jeune homme de lettres commence sa carrière en se plaignant amèrement des savants ou des hommes de lettres, cela signifie qu'il est déjà las et inapte à ce travail. Katia m'écrivait que ses camarades ne venaient pas aux répétitions et ne savaient jamais leur rôle ; que, dans le choix qu'ils faisaient de pièces absurdes, dans leur manière de se tenir en scène, on sentait chez chacun d'eux un complet mépris du public ; que, pour accroître les recettes, unique sujet de leur conversation, les tragédiennes s'abaissaient à chanter des chansonnettes et les tragiques des couplets où l'on se moquait des maris cornus et de la grossesse d'épouses infidèles, etc. Au total, ce qui était étonnant, c'était que cette entreprise provinciale n'eût pas encore sombré et qu'elle pût tenir par un fil si mince et si pourri.

Je répondis à Katia par une lettre longue et, je l'avoue, fort ennuyeuse. J'écrivais entre autres : « Il m'est souvent arrivé de causer avec de vieux acteurs, des hommes de grande qualité, qui m'accordaient leur bienveillance ; grâce à ces conversations j'ai pu comprendre que leur raison et leur liberté propre régissent moins leur profession que la mode et l'humeur de la société ; les meilleurs d'entre eux ont joué la tragédie, l'opérette, le vaudeville, les féeries et, chaque fois, de la même façon, il leur semblait qu'ils étaient sur le droit chemin et qu'ils étaient utiles. Ce qui prouve, comme tu t'en aperçois, qu'il ne faut pas chercher la cause du mal dans les acteurs, mais plus profondément, dans l'art lui-même et dans les rapports de la société avec lui. » Ma lettre ne fit que l'irriter. Elle me répondit : « Nos violons ne sont guère accordés. Je ne vous parlais pas des gens de grande qualité qui vous ont accordé leur bienveillance, mais d'une bande d'aigrefins qui n'ont rien de commun avec la noblesse. C'est un troupeau de sauvages qui ne sont montés sur la scène que parce qu'on ne les aurait reçus nulle part ailleurs et qui ne s'appellent artistes que par impudence. Pas un talent, mais beaucoup de ratés, d'ivrognes, d'intrigants, de mauvaises langues. Je ne puis vous dire combien il m'est amer de voir que l'art, que j'aime tant, est tombé entre les mains de gens que je hais ; il m'est amer que les meilleures gens ne voient le mal que de loin, ne veuillent pas s'en approcher et, au lieu d'intervenir, développent dans un style pesant des lieux communs et une morale oiseuse… » et ainsi de suite, tout dans le même goût.

Il se passa quelque temps encore, et je reçus la lettre suivante : « Je suis inhumainement trompée. Je ne peux plus vivre. Disposez de mon argent comme vous le jugerez bon. Je vous ai aimé comme un père et mon unique ami. Pardonnez-moi. »

Il se trouvait que, lui aussi, il appartenait au « troupeau de sauvages ». Par la suite, à certaines allusions, j'ai pu deviner qu'elle avait tenté de se suicider. Elle avait essayé, je crois, de s'empoisonner. Il faut croire qu'elle fut sérieusement malade puisque je reçus la lettre suivante de Yalta où, selon toute probabilité, les médecins l'avaient envoyée. Cette dernière lettre me priait de lui adresser mille roubles au plus tôt et se terminait ainsi : « Excusez-moi de vous écrire une lettre si sombre. Hier soir j'ai enterré mon enfant. » Après avoir passé environ un an en Crimée, elle revint.

Elle avait voyagé près de quatre ans, et, au cours de ces quatre années, j'avais joué à son égard un rôle, il faut l'avouer, peu agréable et assez étrange. Lorsqu'elle m'avait déclaré qu'elle se faisait actrice, qu'elle m'avait ensuite fait part de son amour, lorsque, périodiquement, l'esprit de dissipation s'emparait d'elle et qu'elle me demandait à tout bout de champ de lui envoyer tantôt mille, tantôt deux mille roubles, quand elle m'avait écrit qu'elle était déterminée à mourir, puis que son enfant était mort, à chaque fois j'avais perdu la tête et toute la part que je prenais à son sort s'était exprimée en longues méditations et en lettres ennuyeuses dont j'aurais pu me dispenser. Et pourtant je remplaçais son père et l'aimais comme ma fille !

Maintenant, Katia vit à une demi-verste de chez moi. Elle a loué un appartement de cinq pièces et s'est installée assez confortablement, avec ce goût qui lui est propre. Si l'on voulait décrire l'ambiance de son intérieur, la dominante serait la paresse. Pour le corps paresseux, de souples divans, de souples tabourets ; pour les pieds paresseux, des tapis, pour le regard paresseux des couleurs peu tenaces, ternes ou mates, pour l'âme paresseuse, accrochés au mur, une quantité d'éventails de pacotille et de petits tableaux où l'originalité de la facture l'emporte sur le fond, trop de petites tables et d'étagères surchargées de choses absolument inutiles et sans valeur, des chiffons informes au lieu de rideaux... Tout cela, joint à la peur des couleurs vives, de la symétrie et de l'espace, atteste, outre la paresse de l'âme, la perversion du goût naturel. Elle reste étendue des jours entiers sur un divan, à lire, principalement des romans et des nouvelles. Elle ne sort qu'une fois par jour, après le déjeuner, pour venir me voir.

Je travaille, elle est assise non loin de moi sur le divan, sans dire un mot, emmitouflée dans son châle comme si elle avait froid. Est-ce parce qu'elle m'est sympathique, ou bien parce que je me suis habitué à ses fréquentes visites quand elle était encore fillette, sa présence ne m'empêche pas de me concentrer. Parfois je lui pose machinalement une question, elle me répond très brièvement ; ou bien, m'accordant un instant de répit, je me tourne vers elle et je la regarde feuilleter pensivement une revue de médecine ou un journal. Et je remarque alors que la confiance de jadis a disparu de son visage. L'expression en est maintenant froide, indifférente, distraite comme celle de voyageurs obligés d'attendre trop longtemps leur train. Elle s'habille, comme jadis, bien et simplement, mais sans soin ; on voit que sa robe et sa coiffure pâtissent un peu des divans et des fauteuils à bascule où elle passe des jours entiers. Elle a perdu la curiosité de naguère. Elle ne me pose plus de questions, comme si elle avait tout expérimenté de la vie et n'attendait plus rien de nouveau.

Vers quatre heures, il se fait un mouvement dans le grand et le petit salon. C'est Lisa qui revient du Conservatoire et a ramené des amies. On les entend jouer du piano, essayer leur voix et rire aux éclats ; dans la salle à manger Iégor met le couvert et fait tinter la vaisselle.

« Au revoir, dit Katia. Je ne vais pas dire bonjour à votre famille aujourd'hui. Qu'elle m'excuse. Je n'ai pas le temps. Venez me voir. »

Je la raccompagne jusqu'au vestibule, elle m'examine sévèrement de la tête aux pieds et dit d'un air contrarié :

« Vous maigrissez toujours ! Pourquoi ne vous soignez-vous pas ? Je vais passer chez le docteur et lui demander de venir vous voir.

— Inutile, Katia.

— Je ne sais où votre famille a les yeux ! De braves gens, il n'y a pas à dire ! »

Elle enfile sa pelisse d'un mouvement nerveux et, à ce moment-là, de ses cheveux coiffés avec négligence tombent immanquablement deux ou trois épingles. Elle ne se recoiffe pas, par paresse et faute de temps ; elle cache seulement ses boucles défaites sous son chapeau et s'en va.

Quand j'entre dans la salle à manger, ma femme me demande :

« Katia était chez toi ? Pourquoi n'est-elle pas venue nous voir ? C'en est même bizarre…

— Maman ! lui dit Lisa d'un ton de reproche. Si elle ne veut pas, laisse-la faire. Nous

59

n'allons pas aller nous mettre à genoux devant elle.

— Je veux bien, mais c'est du dédain. Rester trois heures dans le bureau de ton père et ne pas penser à nous. Au reste, qu'elle fasse comme bon lui semble. »

Varia et Lisa détestent Katia. Je ne comprends rien à cette haine, sans doute, pour la comprendre, faudrait-il être femme. Je garantis sur ma tête que, parmi les cent cinquante jeunes gens que je vois presque quotidiennement à mon cours et la centaine d'hommes d'un certain âge que je rencontre chaque semaine, il s'en trouverait à peine un pour comprendre cette haine et cette aversion pour le passé de Katia, c'est-à-dire pour cette grossesse hors du mariage et cette naissance illégitime ; et, en même temps, je ne puis nommer une seule femme ou jeune fille de mes connaissances qui n'éprouve, de façon consciente ou instinctive, ces sentiments. Ce n'est pas que la femme soit plus vertueuse ou plus pure que l'homme ; car la vertu et la pureté diffèrent peu du vice, si elles ne sont pas exemptes de mauvais sentiments. J'explique cela simplement par ce qu'il y a d'arriéré chez la femme.

La compassion attristée et la souffrance intime qu'éprouve l'homme d'aujourd'hui à la vue du malheur me parlent bien plus de sa culture et de son progrès moral que la haine et l'aversion. La femme d'aujourd'hui est aussi larmoyante et dure de cœur que celle du moyen âge. Et, à mon avis, ceux qui conseillent de l'élever comme on élève les hommes ont parfaitement raison.

Ma femme déteste aussi Katia parce qu'elle a été actrice, pour son ingratitude, pour sa fierté, son excentricité, et pour les multiples défauts qu'une femme sait toujours trouver chez une autre femme.

Outre ma famille, déjeunent encore à la maison deux ou trois amies de ma fille et Alexandre Gnäcker, un adorateur de Lisa et son prétendant. C'est un jeune homme blond de trente ans au plus, de taille moyenne, très replet, large d'épaules, avec des favoris roux serrés contre les oreilles et des moustaches teintes qui confèrent à sa figure pleine et lisse l'air d'un jouet. Il porte un veston très court, un gilet de couleur, un pantalon à grands carreaux, très large du haut, très étroit du bas, et des bottines jaunes sans talon. Il a des yeux saillants, des yeux d'écrevisse, une cravate qui ressemble à une queue d'écrevisse et je dirai même que toute sa personne dégage une odeur de bisque d'écrevisses. Il vient tous les jours, mais aucun membre de ma famille ne sait d'où il sort, où il a fait ses études et de quoi il vit. Il ne joue d'aucun instrument, ne chante pas, mais a de vagues relations avec la musique et le chant, vend à je ne sais trop qui je ne sais quels pianos, va souvent au Conservatoire, connaît toutes les célébrités et donne des ordres dans les concerts ; il tranche en matière de musique avec beaucoup d'autorité et j'ai remarqué que les gens se rangent volontiers à son avis.

Les gens riches ont toujours autour d'eux des parasites ; les sciences et les arts de même. Je crois qu'il n'est pas au monde d'art ou de science exempts de « corps étrangers » du genre de M. Gnäcker. Je ne suis pas musicien, et peut-être me trompé-je sur le compte de ce monsieur que, du reste, je connais peu. Cependant je trouve très suspects son autorité et l'air digne avec lequel il se tient près du piano et écoute, quand on chante ou qu'on joue.

Fussiez-vous cent fois gentleman et conseiller secret, si vous avez une fille, vous n'êtes pas à l'abri de cet esprit petit-bourgeois qu'introduisent fréquemment dans votre maison et votre humeur la cour qu'on lui fait, les demandes, le mariage. Moi, par exemple, je ne puis me faire à l'expression de triomphe qu'arbore ma femme chaque fois que Gnäcker se trouve chez nous, ni non plus à ces bouteilles de château-lafite, de porto, de xérès que l'on ne met sur la table qu'à son intention, pour qu'il se convainque *de visu* du large, du luxueux train de vie que nous menons. Je ne digère pas non plus le rire saccadé que Lisa a appris au Conservatoire et sa façon de battre des cils quand il y a des hommes chez nous. Et surtout je ne peux comprendre pour quelle raison je vois chaque jour déjeuner à ma table un individu entièrement étranger à mes habitudes, à ma science, à tout mon genre de vie, entièrement différent des êtres que j'aime. Ma femme et les domestiques chuchotent en secret que c'est un « fiancé », je ne puis néanmoins comprendre sa présence ; elle éveille en moi la même perplexité que si un Zoulou s'asseyait à ma table. Et il me paraît aussi étrange que ma fille, que je suis habitué à regarder comme une enfant, puisse aimer cette cravate, ces yeux, ces joues flasques…

Autrefois j'aimais le déjeuner, ou j'y étais indifférent, maintenant il n'éveille en moi qu'ennui ou irritation. Du jour où j'ai eu droit au titre d'Excellence et que j'ai fréquenté les doyens de faculté, ma famille a jugé indispensable, pour je ne sais quelle raison, de modifier radicalement le menu et les usages du repas. Au lieu des plats simples auxquels j'étais habitué quand j'étais étudiant et médecin, on me fait manger maintenant des potages où flotte un vague tapioca blanc, et des rognons au madère. Mon rang de général et la notoriété m'ont privé à jamais de la soupe aux choux, de tourtes savoureuses, d'oie aux pommes et des brèmes au gruau. Ils m'ont privé aussi d'Agathe, la femme de chambre, une vieille bavarde et cocasse, qui a été remplacée pour le service de table, par Iégor, un garçon obtus et arrogant, dont la main droite est gantée de blanc. Les intervalles entre les plats sont courts, mais paraissent extraordinairement longs parce qu'il n'y a rien pour les remplir. Finis la gaieté, les libres conversations, les plaisanteries, les rires d'autrefois, finies la gentillesse réciproque et cette joie qui nous émouvait, les enfants, ma femme et moi, quand nous nous retrouvions aux repas ; pour moi, toujours surchargé d'occupations, le repas était un moment de repos, de rencontre familiale, pour ma femme et mes enfants une fête, courte à vrai dire, mais claire et joyeuse, parce qu'ils savaient que, pendant une demi-heure, je n'appartiendrais plus ni à la science ni aux étudiants, mais à eux seuls. Fini l'art de se griser d'un petit verre, finie Agathe, finis les brèmes au gruau, le vacarme qui accueillait toujours les petits incidents du repas, du genre d'une bataille sous la table entre le chien et le chat ou de la chute dans son assiette de soupe du pansement que Katia avait sur la joue.

Décrire mes déjeuners actuels est aussi insipide que de les manger. Outre la solennité et la gravité affectée, on lit sur le visage de ma femme son habituelle expression de souci. Elle regarde nos assiettes d'un air inquiet et dit : « Je vois que le rôti ne vous plaît pas… Dites-le : il ne vous plaît pas ? » Et je dois lui répondre : « Tu as tort de t'inquiéter, ma chérie, il est délicieux. » Et elle répond : « Tu prends toujours ma défense, Nicolaï, et ne dis jamais la vérité. Pourquoi M. Gnäcker a-t-il si peu mangé ? » et le reste à l'avenant, tout au long du déjeuner. Lisa rit d'un rire saccadé et bat des cils. Je les regarde toutes les deux, et c'est à ce moment seulement, à table, que je constate que leur vie intime a depuis long-temps échappé à mon observation. J'ai le sentiment d'avoir jadis vécu ici avec ma vraie famille et que je suis maintenant l'invité d'une femme qui n'est pas la vraie, que je vois une Lisa qui n'est pas la vraie. Il s'est produit chez elles un changement radical, dont le long processus m'a échappé et il n'est pas étonnant que je n'y comprenne rien. Pourquoi ce changement s'est-il produit ? Je ne sais.

Peut-être tout le malheur provient-il de ce que Dieu n'a pas donné à ma femme et à ma fille la même force qu'à moi. Dès l'enfance je me suis habitué à résister aux influences exté-rieures et je me suis assez bien trempé le caractère ; les catastrophes de l'existence tel-les que la célébrité, l'accession au rang de général, le passage de l'aisance à une vie au-dessus de nos moyens, les relations avec l'aristocratie, etc., m'ont à peine effleuré et je suis resté sain et sauf ; mais sur des êtres faibles, insuffisamment préparés, comme ma femme et Lisa, tout cela a roulé comme une masse de neige et les a écrasées.

Les demoiselles et Gnäcker parlent de fugues, de contrepoint, de chanteuses et de pianistes, de Bach et de Brahms, et ma femme, craignant d'être soupçonnée d'ignorance musicale, leur sourit avec sympathie et bredouille : « C'est charmant... N'est-ce pas ? Dites... » Gnäcker mange avec componction, plaisante avec componction et écoute avec indulgence les remarques des demoiselles. Parfois il lui vient l'envie de s'exprimer en mauvais français et alors il juge nécessaire de me donner de l'Excellence.

Moi je suis maussade. Visiblement je les gêne, et ils me gênent. Jamais auparavant je n'avais connu de près l'antagonisme de caste, mais maintenant c'est précisément de quelque chose de ce genre que je souffre. Ce que je cherche à découvrir chez Gnäcker, ce sont uniquement ses mauvais côtés, j'ai vite fait de les trouver et je souffre de voir la place du fiancé occupée par un homme qui n'est pas de mon milieu. Sa présence exerce sur moi une influence également à d'autres égards. D'ordinaire, quand je reste seul ou que je suis en compagnie de quelqu'un que j'aime, je ne pense jamais à mes mérites, et, si j'y pense, ils me paraissent aussi insignifiants que si j'étais un savant né d'hier ; mais en présence de gens comme Gnäcker, ils me semblent un sommet dont la cime disparaît dans les nuages et au pied de laquelle grouillent des Gnäcker à peine visibles à l'œil nu.

Après le repas, je regagne mon cabinet et fume une pipe, la seule de la journée, vestige d'une ancienne et mauvaise habitude de pétuner du matin jusqu'au soir. Pendant que je fume, ma femme vient bavarder avec moi. Comme le matin, je sais d'avance de quoi nous allons parler.

« J'ai besoin de te parler sérieusement, Nicolaï, commence-t-elle. Il s'agit de Lisa... Pourquoi ne fais-tu pas attention ?

— C'est-à-dire ?

— Tu fais semblant de ne rien remarquer, mais ce n'est pas bien, on n'a pas le droit de se montrer aussi insouciant... Gnäcker a des intentions sur Lisa... Qu'en dis-tu ?

— Je ne peux pas dire que c'est un méchant homme, car je ne le connais pas, mais qu'il ne me plaise pas, je te l'ai déjà dit mille fois.

— On ne peut pas... on ne peut pas... »

Elle se lève et marche avec agitation.

« On ne peut pas se comporter ainsi lorsqu'il s'agit de franchir un pas aussi grave..., dit-elle. Quand il s'agit du bonheur de sa fille, il faut rejeter tout point de vue personnel. Je sais qu'il ne te plaît pas... Bon... Si nous lui disons non maintenant, si nous détruisons tout, qu'est-ce qui t'assure que Lisa ne va pas nous le reprocher toute la vie ? Des prétendants, aujourd'hui, ça ne court pas les rues ; et il peut ne pas se présenter d'autre parti... Il aime beaucoup Lisa, et il semble lui plaire... Bien sûr, il n'a pas de situation fixe, mais qu'y faire ? Peut-être, avec le temps, en trouvera-t-il une. Il est de bonne famille, et riche.

— Comment le sais-tu ?

— C'est lui qui me l'a dit. Son père possède une grande maison à Kharkov et une propriété dans les environs. En un mot, Nicolaï, il faut absolument que tu ailles à Kharkov.

— Pourquoi ?

— Tu t'y informeras... Tu y connais des professeurs, ils t'aideront. J'y serais bien allée moi-même, mais je suis une femme. Je ne peux pas...

— Je n'irai pas à Kharkov », dis-je d'un ton maussade.

Ma femme, horrifiée, prend un air de martyre.

« Au nom du ciel, Nicolaï ! supplie-t-elle en reniflant. Au nom du ciel, enlève-moi ce poids ! Je souffre ! »

J'ai mal à la regarder.

« Bien, Varia, dis-je tendrement. Si tu veux, soit, j'irai à Kharkov et ferai tout ce que tu voudras. »

Elle porte son mouchoir à ses yeux et va pleurer dans sa chambre. Je reste seul.

Peu après on m'apporte ma lampe. Les fauteuils et l'abat-jour projettent sur les murs et le parquet des ombres familières dont je me suis, depuis longtemps, lassé et, quand je les regarde, j'ai l'impression qu'il fait déjà nuit et que ma maudite insomnie commence. Je me couche, puis me lève et fais les cent pas, puis je me recouche... D'ordinaire, juste avant le soir, mon excitation nerveuse atteint son maximum. Je me mets à pleurer sans motif et me cache la tête sous l'oreiller. À ces moments-là je crains qu'on n'entre, je crains de mourir subitement, j'ai honte de mes larmes, et, au total, cela compose quelque chose d'insupportable. Je sens que je ne puis plus voir ma lampe, mes livres, les ombres sur le parquet, que je ne puis plus entendre les voix qui résonnent au salon. Une force inconnue et incompréhensible me pousse brutalement dehors. Je saute à terre, je m'habille à la hâte et, tout doucement, pour ne pas attirer l'attention des miens, je sors. Où aller ?

La réponse à cette question est déjà depuis longtemps ancrée dans mon cerveau : chez Katia.

III

Comme à l'ordinaire elle est étendue sur son sofa ou sa chaise longue et elle lit. En me voyant, elle lève paresseusement la tête, s'assied et me tend la main.

« Tu es toujours couchée, dis-je, après être resté un instant silencieux et avoir repris mon souffle. Ce n'est pas sain. Tu devrais t'occuper à quelque chose.

— Comment ?

— Tu devrais, dis-je, t'occuper à quelque chose.

— À quoi ? Une femme ne peut être qu'ouvrière ou actrice.

— Eh bien, si tu ne peux pas te faire ouvrière, fais-toi actrice. »

Elle ne répond pas.

« Tu devrais te marier, dis-je sur un ton mi-plaisant.

— Avec qui ? Pour quoi faire ?

— On ne peut pas vivre ainsi.

— Sans mari ? La belle affaire ! Des hommes, j'en trouverais autant que je voudrais, si j'en avais envie.

— Ce n'est pas joli, Katia.

— Qu'est-ce qui n'est pas joli ?

— Ce que tu viens de dire. »

Me voyant attristé et voulant effacer cette mauvaise impression, elle dit :

« Venez. Par ici. Tenez. »

Elle me mène dans une petite pièce très douillette et me dit, en montrant son bureau :

« Tenez… J'ai préparé un coin pour vous.

Vous pourrez y travailler. Venez chaque jour et apportez votre travail. Chez vous, on ne fait que vous déranger. Vous travaillerez ici ? Voulez-vous ? »

Pour ne pas l'attrister par un refus, je lui réponds que je viendrai travailler ici et que la pièce me plaît beaucoup. Puis nous nous asseyons tous deux dans la petite pièce douillette et bavardons.

La chaleur, le cadre moelleux et la présence d'un être sympathique n'éveillent plus en moi le sentiment de satisfaction, comme autrefois, mais une violente envie de me plaindre et de grogner. Il me semble que si je bougonne et si je gémis, cela me soulagera.

« Mauvaise affaire, ma chérie ! commencé-je avec un soupir. Très mauvaise…

— Qu'y a-t-il ?

— Tu vas voir, mon amie. Le meilleur et le plus saint des droits royaux est le droit de grâce. Et je me suis toujours senti un roi parce que j'ai joui de ce droit, sans limites. Je n'ai jamais jugé personne, j'ai toujours été indulgent, j'ai volontiers pardonné, à droite et à gauche. Là où d'autres protestaient et s'indignaient, je ne faisais que conseiller et persuader. Toute ma vie j'ai tâché seulement de rendre ma société supportable à ma famille, à mes étudiants, à mes collègues, à mes domestiques. Et mon comportement a servi de leçon, je le sais, à tous ceux qui se sont trouvés dans mon entourage. Mais maintenant je ne suis plus roi. Il m'arrive quelque chose qui ne convient qu'aux esclaves. Dans ma tête, jour et nuit, errent de mauvaises pensées et dans mon âme ont fait leur nid des sentiments que j'ignorais. Je hais, je méprise, je m'indigne, je me révolte, j'ai peur. Je suis devenu sévère, exigeant, irascible, maussade, soupçonneux à l'excès. Même ce qui n'était jadis que prétexte à un calembour superflu ou à un rire sans malice me cause aujourd'hui une sensation pénible. Ma logique même a changé : naguère, je ne méprisais que l'argent, maintenant ma hargne va non pas à l'argent mais aux riches, comme s'ils étaient coupables ; je haïssais la violence et l'arbitraire, maintenant je hais les gens qui y recourent comme s'ils étaient les seuls coupables, et non pas nous tous, qui ne savons pas nous former les uns les autres. Qu'est-ce que cela signifie ? Si c'est un changement de convictions qui a amené en moi des idées nouvelles et de nouveaux sentiments, d'où a-t-il pu venir ? Le monde est-il devenu pire et moi meilleur, ou bien étais-je aveugle et indifférent ? S'il est dû à un affaiblissement général de mes forces physiques et intellectuelles — en fait, je suis malade et, chaque jour, je perds du poids — ma situation est pitoyable : mes nouvelles pensées sont anormales, malsaines, je dois en avoir honte et les considérer comme indignes...

— La maladie n'y est pour rien, m'interrompt Katia. Simplement, vos yeux se sont ouverts, voilà tout. Vous avez vu ce qu'auparavant, pour je ne sais quelle raison, vous ne vouliez pas voir. À mon avis, vous devez avant tout rompre définitivement avec votre famille et partir.

— Tu dis des inepties.

— Vous ne les aimez pas, à quoi bon cette hypocrisie ? Et est-ce une famille ? Des nullités ! S'ils mouraient aujourd'hui, demain personne ne s'apercevrait de leur absence. »

Katia méprise ma femme et ma fille aussi violemment que ces dernières la détestent. On ne peut guère, de nos jours, invoquer le droit au mépris. Mais, qu'on se place du point de vue de Katia et qu'on lui reconnaisse ce droit, on verra alors qu'elle a autant le droit de mépriser ma femme et Lisa qu'elles à la détester.

« Des nullités, répète-t-elle. Vous avez déjeuné aujourd'hui ? Elles n'ont pas oublié de vous appeler à table ? Elles se souviennent encore de votre existence ?

— Katia, dis-je sévèrement, je te prie de te taire.

— Vous vous imaginez que ça m'amuse, de parler d'elles ? Je serais heureuse de ne pas les connaître du tout. Écoutez-moi, mon ami : quittez tout, et partez. Allez à l'étranger. Le plus tôt sera le mieux.

— Quelle absurdité ! Et la Faculté ?

— La Faculté aussi. Que vous est-elle ? De toute façon c'est un non-sens. Voilà trente ans que vous faites vos cours, et où sont vos élèves ? En avez-vous beaucoup de célèbres ? Comptez-les donc. Et pour multiplier la race de ces docteurs qui exploitent l'ignorance et entassent des centaines de milliers de roubles, pas besoin d'avoir du talent et d'être un homme de cœur. Vous êtes de trop.

— Mon Dieu, que tu es brutale ! dis-je

effrayé. Que tu es brutale ! Tais-toi, sinon je m'en vais ! Je ne sais que répondre à tes coups de dents. »

Entre la femme de chambre qui nous annonce que le thé est servi. Dieu merci, devant le samovar, notre conversation change. Après m'être plaint, j'ai envie de donner libre cours à une autre faiblesse de vieux, à mes souvenirs. Je parle à Katia de mon passé et, à mon grand étonnement, je lui confie des détails que je ne croyais pas retrouver intacts dans ma mémoire. Et elle m'écoute d'un air attendri, avec fierté, retenant son souffle. J'aime en particulier lui raconter mes années de séminaire et comment je rêvais d'entrer à l'Université.

« Parfois je me promenais dans le jardin du séminaire, lui raconté-je. Le vent nous apportait d'un lointain cabaret le grincement d'un accordéon et une chanson, ou bien une troïka passait en trombe devant la clôture, dans un bruit de grelots, et cela suffisait amplement pour qu'un sentiment de bonheur m'envahît non seulement la poitrine, mais même le ventre, les jambes, les bras… En entendant l'accordéon ou les grelots qui s'éloignent, on se voit médecin, on imagine des tableaux tous plus beaux les uns que les autres. Et, comme tu le vois, mes rêves se sont réalisés. J'ai obtenu plus que je n'osais rêver. Pendant trente ans, j'ai été un professeur aimé, j'ai eu d'excellents collègues, j'ai joui d'une bonne notoriété. J'ai aimé, je me suis marié par passion, j'ai eu des enfants. En un mot, si je regarde en arrière, toute ma vie me fait l'effet d'une belle composition, pleine de talent. Maintenant, il ne me reste plus qu'à ne pas gâter le finale. Pour cela il faut mourir en homme. Si la mort est vraiment redoutable, il faut aller à sa rencontre comme il convient à un maître, à un savant et au citoyen d'un État chrétien : vaillamment et l'âme sereine. Mais je gâte le finale. Je sombre, je me réfugie auprès de toi, je te demande du secours et tu me réponds : "Sombrez, c'est ce qu'il faut." »

Mais un coup de sonnette retentit dans le vestibule. Katia et moi, nous le reconnaissons et disons :

« Ce doit être Mikhaïl Fiodorovitch. »

Effectivement, un instant après entre mon collègue de philologie, Mikhaïl Fiodorovitch, un grand garçon bien fait, d'une cinquantaine d'années, avec d'épais cheveux gris, des sourcils noirs et le visage rasé. C'est un homme plein de bonté et un excellent collègue. Il est issu d'une vieille et noble famille à qui n'a manqué ni la chance ni le talent, et qui a joué un rôle important dans notre littérature et notre culture. Il est intelligent, pétri de dons, très cultivé, mais non dénué de bizarreries. Dans une certaine mesure, nous sommes tous bizarres, tous des originaux, mais sa bizarrerie a quelque chose d'exceptionnel et n'est pas sans danger pour ses amis. J'en connais plus d'un à qui ses bizarreries cachent ses nombreux mérites.

En entrant, il retire lentement ses gants et dit d'une voix grave et veloutée :

« Bonjour. Vous prenez le thé ? Cela tombe bien. Il fait un froid du diable. »

Puis il s'assied à table, prend un verre et se met aussitôt à parler. Le trait caractéristique de sa conversation est un ton de plaisanterie perpétuelle, une sorte de mélange de philosophie et de pitrerie, comme chez les fossoyeurs de Shakespeare. Il parle toujours de choses sérieuses, mais jamais sérieusement. Ses jugements sont toujours brutaux, agressifs, mais son ton doux, égal, badin, fait que sa brutalité, son agressivité n'écorchent pas les oreilles et qu'on s'y habitue vite. Tous les soirs il apporte cinq ou six histoires humoristiques de la vie universitaire et c'est d'ordinaire par là qu'il commence en s'asseyant.

« Ah ! Seigneur ! soupire-t-il avec un froncement malicieux de ses sourcils noirs. Il y a sur terre de ces comiques !

— Racontez ? demande Katia.

— En sortant de mon cours, j'ai rencontré aujourd'hui ce vieil idiot de X... Il allait, son menton chevalin en avant comme d'habitude, à la recherche de quelqu'un à qui se plaindre de sa migraine, de sa femme et des étudiants qui refusent de suivre ses cours. Bon, me dis-je, il m'a vu, je suis perdu... »

Et ainsi de suite dans le même goût. Ou bien il commence ainsi :

« Je suis allé hier au cours public de Z... Je m'étonne que notre *Alma Mater* (il ne faut pas en parler à la nuit tombante) accepte de montrer au public des benêts et des butors patentés comme ce Z... C'est un imbécile catalogué dans toute l'Europe ! On n'y trouverait pas son pareil, même si on le cherchait en plein jour avec une lanterne ! Quand il fait son cours, on jurerait qu'il suce un sucre d'orge : siou-siou-siou… Il a le trac, il a du mal à se relire, ses petites pensées avancent péniblement, à l'allure d'un archimandrite à bicyclette, et surtout on ne comprend rien à ce qu'il veut dire. On s'ennuie horriblement, les mouches en meurent. Cet ennui ne peut se comparer qu'à celui qui règne dans la salle du conseil lors de la séance solennelle d'ouverture, au moment des discours d'usage, que le diable les emporte ! »

Et, soudain, brusque changement de sujet : « Il y a trois ans, vous vous le rappelez, j'ai eu à faire ce discours. Il faisait chaud, lourd, mon uniforme me serrait aux aisselles, c'était à mourir ! Je parle une demi-heure, une heure, une heure et demie, deux heures… "Bon, pensai-je, Dieu merci, il ne m'en 'reste plus que dix pages.'" À la fin il y avait quatre pages que je pouvais ne pas lire, et je comptais les sauter. Ainsi, pensais-je, il ne m'en reste que six. Mais figurez-vous que je jette un coup d'œil devant moi et que j'aperçois, assis côte à côte, au premier rang, un général, avec le grand cordon, et un évêque. Les malheureux, pétrifiés d'ennui, écarquillent les yeux pour ne pas s'endormir, essayent néanmoins d'avoir l'air attentif et font semblant de comprendre mon discours et de s'y intéresser. Bon, me dis-je, puisqu'il vous plaît, voilà pour vous ! Bien fait ! Je ne fais ni une ni deux, je lis les quatre pages. »

Quand il parle, seuls rient, comme chez tous les pince-sans-rire, ses yeux et ses sourcils. À ce moment-là il n'y a dans son regard ni haine ni méchanceté, mais beaucoup d'esprit et cette astuce de renard que l'on ne remarque que chez les gens très observateurs. Parlant encore de son regard, je relève une autre particularité quand Katia lui tend un verre de thé, qu'il écoute ses remarques ou la suit des yeux parce qu'elle va sortir pour un instant, j'observe dans son regard quelque chose de doux, de suppliant, de pur…

La femme de chambre enlève le samovar et pose sur la table un gros morceau de fromage, des fruits et une bouteille de champagne de Crimée, un assez mauvais vin que Katia a appris à aimer dans ce pays. Fiodorovitch prend deux jeux de cartes sur une étagère et fait une réussite. Il assure que certaines d'entre elles exigent un esprit très prompt et beaucoup d'attention ; néanmoins tout en disposant les cartes, il se laisse distraire à tout instant par la conversation, Katia suit attentivement le jeu et l'aide plus par sa mimique que par des mots. De toute la soirée, elle ne boit pas plus de deux verres à liqueur, moi un quart de verre à vin ; le reste de la bouteille échoit à Fiodorovitch qui peut boire beaucoup sans jamais être ivre.

Autour de la réussite, nous tranchons de toute sorte de problèmes, surtout de l'ordre le plus élevé, et nous nous en prenons surtout à ce qui nous tient le plus à cœur : la science.

« La science a fait son temps, Dieu merci, dit Fiodorovitch en détachant les mots. N-i-ni, c'est fini ! Oui ! L'humanité commence à ressentir le besoin de la remplacer par quelque chose d'autre. Elle a grandi sur le terrain des préjugés, s'est nourrie de préjugés et constitue aujourd'hui la même quintessence de préjugés que ses aïeules : l'alchimie, la métaphysique et la philosophie. Non mais, vraiment ! qu'a-t-elle apporté aux hommes ? Entre un Européen instruit et les Chinois ignares, il n'y a qu'une différence insignifiante, purement extérieure. Les Chinois n'ont pas connu la science, mais qu'y ont-ils perdu ?

— Les mouches non plus ne la connaissent pas, dis-je, mais qu'en conclure ?

— Vous avez tort de vous fâcher, cher ami. Je dis cela ici, entre nous… Je suis plus prudent que vous ne le croyez et je ne dirai pas cela en public, Dieu m'en garde ! La masse nourrit le préjugé que les sciences et les arts sont supérieurs à l'agriculture, le commerce, les métiers. Notre secte se nourrit de ce préjugé, et ce n'est pas à vous ni à moi de le détruire. Dieu nous en garde ! »

Autour de la réussite, la jeunesse en prend aussi pour son compte.

« Notre public a dégénéré, soupire-t-il. Je ne parle certes pas des idéaux, etc., mais s'ils savaient au moins travailler et penser ! C'est bien le cas de le dire : "Génération que je contemple avec tristesse[*]…"

— Oui, nous avons terriblement dégénéré, acquiesce Katia. Dites-moi s'il s'est révélé,

[*] Premier vers de *La Pensée*, de Lermontov.

depuis cinq ou six ans, parmi vos élèves, un seul sujet d'élite.

— Chez les autres professeurs je ne sais, mais parmi les miens je n'en reconnais guère.

— J'ai vu, dans ma vie, beaucoup d'étudiants, beaucoup de vos jeunes savants, d'acteurs… Eh bien, pas une fois je n'ai eu la chance de rencontrer, je ne dis pas un héros, ou un homme particulièrement doué mais simplement un homme intéressant. Tout est gris, dénué de talent, gonflé de prétentions… »

Tous ces propos sur la dégénérescence me font toujours le même effet que si j'entendais soudain mal parler de ma fille. Je suis blessé de les voir lancer des accusations à la légère, en se fondant sur des lieux communs aussi rebattus, sur des épouvantails à moineaux comme la dégénérescence, le manque d'idéal, ou le rappel du merveilleux passé. Toute accusation, même en présence d'une dame, doit être formulée avec le maximum de précision, sinon ce n'est pas une accusation, mais une simple médisance, indigne de gens comme il faut.

Je suis vieux, j'exerce depuis trente ans déjà, mais je ne remarque ni dégénérescence ni absence d'idéal, et je ne trouve pas que les choses soient pires aujourd'hui qu'hier. Mon appariteur, Nicolaï, dont l'expérience a son prix en la circonstance, dit que les étudiants d'aujourd'hui ne sont ni meilleurs ni pires que ceux d'hier.

Si l'on me demandait ce qui me déplaît dans mes étudiants d'aujourd'hui, ma réponse ne serait ni rapide ni longue, mais assez précise. Je connais leurs défauts, aussi n'aurais-je pas besoin de recourir aux brumes des lieux communs. Ce qui me déplaît, c'est qu'ils fument, qu'ils usent de spiritueux et se marient tard ; qu'ils soient insouciants, souvent indifférents au point de tolérer que certains d'entre eux aient faim et de ne pas payer leurs dettes à la société d'entraide. Ils ne savent pas les langues modernes et s'expriment dans un russe incorrect ; pas plus tard qu'hier, mon collègue le professeur d'hygiène se plaignait à moi d'être obligé de doubler ses heures de cours parce que les étudiants connaissent mal la physique et ignorent complètement la météorologie. Ils cèdent volontiers à l'influence des écrivains contemporains, et souvent pas des meilleurs, et sont complètement indifférents aux classiques tels que Shakespeare, Marc Aurèle, Épictète ou Pascal ; et cette incapacité à distinguer le grand du petit trahit plus que tout leur absence de sens pratique. Ils résolvent toutes les questions épineuses, à caractère plus ou moins social (par exemple celle des migrations forcées), à coups de pétitions, et non par le moyen de l'enquête scientifique et de l'expérience, moyen qui pourtant est à leur entière disposition et répond le plus à leur vocation. Ils deviennent volontiers externes, internes, assistants, travaillent dans des laboratoires et sont prêts à occuper ces postes jusqu'à quarante ans, quoique l'indépendance, le sentiment de la liberté et l'initiative personnelle ne soient pas moins indispensables dans le domaine des sciences que dans celui des arts ou du commerce, par exemple. J'ai des élèves, des auditeurs, mais pas d'aides ni de successeurs, c'est pourquoi je les aime et m'attendris sur eux, mais n'en suis pas fier. Etc.

De pareils défauts, si nombreux soient-ils, ne peuvent engendrer le pessimisme ou la mauvaise humeur que chez un homme pusillanime et timide. Tous ont un caractère accidentel, passager et dépendent entièrement des conditions de vie ; il suffira de dix ans pour qu'ils disparaissent ou cèdent la place à des défauts nouveaux, que l'on ne pourra éviter et qui, à leur tour, effraieront les poltrons. Les péchés des étudiants me contrarient fréquemment, mais cela n'est rien en comparaison de la joie que j'éprouve depuis trente ans quand je bavarde avec mes élèves, que je fais mon cours, que j'observe leurs comportements et que je les compare aux gens d'autres milieux.

Fiodorovitch débite ses médisances, Katia l'écoute et ni l'un ni l'autre ne remarquent l'abîme profond où les entraîne insensiblement un divertissement en apparence aussi innocent que la critique de son prochain. Ils ne sentent pas que leur conversation toute simple tourne progressivement à la raillerie et au persiflage et qu'ils s'engagent dans la voie de la calomnie.

« Il y a des types tordants, me dit Fiodorovitch. Hier, je vais chez notre ami Pétrovitch et j'y trouve un de vos escholiers, un étudiant en médecine, de troisième année, je crois. Une figure... dans le style de Dobrolioubov[*], sur le front le sceau de la profondeur. On bavarde : "Eh oui, jeune homme, dis-je, je viens de lire qu'un Allemand dont j'ai oublié le nom avait tiré un nouvel alcaloïde du cerveau de l'homme : l'idiotine." Et que croyez-vous ? Il l'a cru et a même pris un air de profond respect : "Vous voyez ce que peuvent nos savants !" semblait-il dire. Et l'autre jour je vais au théâtre. Je m'assieds. Juste devant moi, il y en avait deux : le premier, "un tes nôdres", apparemment un étudiant en droit, l'autre hirsute — un carabin. Le carabin était soûl comme un savetier. Ce qui se passait sur la scène, il s'en moquait bien. Il somnolait tranquillement et piquait du nez. Mais, dès qu'un acteur vociférait son monologue à pleins poumons ou simplement s'il haussait le ton, mon carabin tressaillait, poussait son voisin du coude et lui demandait : "Qu'est-ce qu'il dit ? C'est g... grand ?

« — C'est grand, répondait le jeune homme 'bien de chez nous'. — Brrravo ! hurlait le carabin. C'est g... grand ! Bravo !"

* Dobrolioubov (1836-1861) : critique littéraire et idéologue de la révolution paysanne.

Cette bûche soûle était venue au théâtre non pour l'art mais pour la grandeur, voyez-vous. Il lui fallait de la noblesse. »

Katia l'écoute et rit. Elle a un rire bizarre : les inspirations succèdent rapidement et en cadence aux expirations comme si elle jouait de l'accordéon et, de tout son visage, seules les narines rient. Moi je perds courage et ne sais que dire. Puis, quand ils ont réussi à me mettre hors de moi, je prends feu, je me lève et crie :

« Taisez-vous, à la fin ! Qu'est-ce que vous faites là, assis comme deux crapauds, à empoisonner l'air de votre haleine ? Assez ! »

Et, sans attendre la fin de leurs cancans, je me prépare à rentrer. D'ailleurs, il est l'heure : dix heures passées.

« Moi, je reste encore un peu, dit Fiodorovitch. Vous permettez, ma chère amie ?

— Certainement, répond Katia.

— *Bene.* En ce cas, faites-nous apporter une autre bouteille, je vous prie. »

Ils m'accompagnent dans le vestibule, une bougie à la main, et, pendant que j'enfile ma pelisse, Fiodorovitch dit :

« Vous avez terriblement maigri et vieilli

depuis quelque temps. Qu'avez-vous ? vous êtes malade ?

— Oui, un peu.

— Et il ne se soigne pas…, intervient Katia d'un air sombre.

— Pourquoi ne vous soignez-vous pas ? Peut-on agir ainsi ? Aidez-vous, le ciel vous aidera, mon bon ami. Saluez bien les vôtres et excusez-moi auprès d'eux de ne pas venir les voir. Un de ces jours, avant mon départ pour l'étranger, j'irai leur dire au revoir. Sans faute. Je pars la semaine prochaine. »

Je sors de chez Katia irrité, effrayé par ce qu'on a dit de ma maladie et mécontent de moi. Je m'interroge : ne devrais-je pas effectivement me faire soigner par un de mes collègues ? Et aussitôt je le vois qui, après m'avoir ausculté, s'approchera de la fenêtre sans rien dire, prendra le temps de réfléchir, puis se tournera vers moi, et, en essayant d'éviter que je lise la vérité sur son visage, dira d'un ton égal : « Pour le moment je ne vois rien de particulier ; cependant, collègue, je vous conseille d'interrompre votre travail… » Et cela m'enlèvera mon dernier espoir.

Qui n'a pas d'espoir ? J'ai posé mon diagnostic et je me soigne moi-même, mais par moments j'espère que mon ignorance me trompe, que je me trompe sur l'albumine et le sucre que je me trouve, sur l'état de mon cœur et sur les œdèmes que j'ai déjà constatés à deux reprises, le matin ; lorsque, avec le zèle d'un hypocondriaque, je parcours les manuels de thérapeutique et que je change tous les jours de remède, il me semble toujours que je finirai par mettre la main sur quelque chose de rassurant. Tout cela est petit.

Que le ciel soit couvert ou que la lune et les étoiles brillent, chaque fois que je rentre chez moi, je le regarde et pense que bientôt la mort me prendra. Il semble qu'à ce moment-là mes pensées devraient être profondes comme le ciel, claires, frappantes... Mais non ! Je pense à moi-même, à ma femme, à Lisa, à Gnäcker, à mes étudiants, aux gens en général ; j'ai des pensées mauvaises, mesquines, je triche avec moi-même et, alors, ma conception du monde pourrait s'exprimer par la phrase que l'illustre Araktchéïev écrivit dans une lettre intime : « Le bien ne peut exister dans le monde sans le mal, et il y a toujours plus de mal que de bien. » Autrement dit, tout est sordide, il n'y a pas de raison de vivre, et les soixante-deux ans que j'ai vécu doivent être considérés comme perdus. Je me surprends à de semblables pensées et essaie de me persuader qu'elles sont accidentelles, temporaires, superficielles, mais aussitôt je me dis :

« S'il en est ainsi, qu'est-ce qui m'attire chaque soir vers ces deux crapauds ? »

Et je me jure de ne jamais retourner chez Katia, tout en sachant que j'y retournerai dès le lendemain.

Quand, à ma porte, je tire la sonnette, et qu'ensuite je monte l'escalier, je sens que je n'ai plus de famille, ni envie de la retrouver. Il est clair que mes pensées nouvelles, dans le style d'Araktchéïev, ne sont pas accidentelles et temporaires, mais dominent tout mon être. La conscience malade, triste, paresseux, remuant à peine les membres, comme si on m'avait attaché un poids de dix quintaux, je me couche et ne tarde pas à m'endormir.

Puis c'est l'insomnie…

IV

L'été arrive, et rien ne change.

Un beau matin, Lisa vient me trouver et me dit d'un ton badin :

« Venez, Excellence. Tout est prêt. »

On conduit mon Excellence dans la rue, on la fait monter dans un fiacre et on l'emmène. Pendant le trajet, par désœuvrement, je lis les enseignes de droite à gauche. Le mot « cabaret » donne « terabac ». Cela ferait un joli nom de baron : baronne Terabac. Plus loin, je longe un cimetière de campagne qui ne produit sur moi aucune impression, quoique je doive y reposer bientôt ; puis je traverse un bois, et c'est à nouveau la campagne. Rien d'intéressant. Après deux heures de voiture, on introduit mon Excellence au rez-de-chaussée d'une villa et on l'installe dans une petite chambre très gaie, tapissée de bleu.

La nuit, je souffre, comme auparavant, d'insomnie, mais, le matin, au lieu de retrouver mes esprits et d'écouter ma femme, je reste au lit. Je ne dors pas et je suis dans ces états de somnolence, de demi-inconscience où l'on sait que l'on ne dort pas mais que l'on rêve. À midi je me lève et m'assieds par habitude à ma table de travail, mais je ne travaille pas, je me distrais à lire des livres français à couverture jaune que Katia me fait passer. Bien sûr il serait plus patriotique de lire des auteurs russes, mais j'avoue que je n'éprouve pour eux aucune inclination particulière. À l'exception de deux ou trois vieux écrivains, toute la littérature d'aujourd'hui ne me semble pas être une littérature mais une sorte d'industrie artisanale qui n'existe que pour recevoir des encouragements, mais dont on n'utilise pas volontiers les produits. La meilleure des fabrications artisanales ne peut être qualifiée de remarquable ni louée sincèrement sans restriction ; toutes les nouveautés littéraires que j'ai lues au cours des dix ou quinze dernières années méritent le même jugement : aucune n'est remarquable ni ne va sans « mais ». Il y a de l'intelligence, de la générosité, mais pas de talent ; ou il y a du talent, de la noblesse, mais pas d'intelligence, ou enfin il y a du talent, de l'intelligence, mais pas de noblesse.

Je ne dis pas que les livres français témoignent à la fois de talent, d'intelligence et de noblesse. Eux non plus ne me satisfont pas. Mais ils sont moins ennuyeux que les livres russes, et il n'est pas rare d'y rencontrer l'élément essentiel de la création littéraire : le sentiment de la liberté personnelle qui fait défaut aux auteurs russes. Je ne me souviens pas d'une seule de ces nouveautés où, dès la première page, l'auteur ne se soit appliqué à s'empêtrer dans toutes sortes de conditions et de contrats avec sa conscience. L'un a peur de parler de nudité, l'autre s'est lié bras et jambes par l'analyse psychologique ; le troisième a besoin d'une « chaude sympathie pour l'homme », le quatrième barbouille à dessein des pages entières de descriptions de la nature pour ne pas passer pour tendancieux… L'un veut absolument paraître, dans ses œuvres, petit-bourgeois, l'autre veut absolument être gentilhomme, etc. Il y a du calcul, de la prudence, des arrière-pensées, mais ni liberté ni courage d'écrire ce que l'on veut écrire, et, par conséquent, pas d'œuvre.

Tout cela concerne ce qu'on appelle les belles-lettres.

Quant aux articles sérieux d'écrivains russes, par exemple en matière de sociologie, d'art, etc., si je ne les lis pas, c'est uniquement par timidité. Dans mon enfance et mon adolescence, j'avais, je ne sais pourquoi, peur des Suisses et des ouvreurs de théâtre, et cette peur m'est restée. Maintenant encore ils me font peur. On dit que l'on n'a peur que de ce que l'on ne comprend pas. Et, en fait, il est très difficile de comprendre pourquoi les Suisses et les ouvreurs sont si importants, si arrogants et si majestueusement impolis. En lisant des articles sérieux, j'éprouve exactement la même peur vague. Une gravité insolite, un ton de général badin, un air de familiarité avec les auteurs étrangers, l'art de transvaser avec dignité du creux dans du vide, je ne comprends rien de tout cela, tout cela me fait peur, rien de cela ne ressemble au flegme de bon ton et à la modestie auxquels m'a habitué la lecture de nos médecins et de nos naturalistes. Sans compter les articles mais même les traductions que font ou que dirigent des Russes sérieux, il m'est pénible de les lire. Le ton présomptueux, condescendant des préfaces, l'abondance des notes du traducteur qui m'empêchent de me concentrer, les points d'interrogation et les *sic* entre parenthèses, dispensés généreusement tout au long de l'article ou du volume, me paraissent un attentat à la personnalité de l'auteur et à l'indépendance du lecteur.

Un jour, j'avais été désigné comme expert au tribunal d'arrondissement ; au cours d'une suspension d'audience, un des autres experts me fit remarquer la grossièreté du procureur à l'égard des inculpés, parmi lesquels se trouvaient deux femmes de l'intelligentsia. Je ne crois pas avoir exagéré le moins du monde en répondant à mon collègue que cette façon de faire n'était pas plus grossière que celle des auteurs sérieux entre eux. Vraiment leurs façons sont si grossières qu'on n'en peut parler sans éprouver de peine. Ils se comportent les uns envers les autres et vis-à-vis des écrivains dont ils font la critique soit avec un respect excessif, un mépris de leur propre dignité, ou, inversement, avec des façons bien plus cavalières que ne le sont les miennes, dans ces carnets intimes à l'égard de mon futur gendre, Gnäcker. Accuser les gens d'être irresponsables, de nourrir des intentions impures et même les charger de toutes sortes de crimes capitaux, voilà l'ornement habituel des articles sérieux. Et c'est là, comme aiment dire les jeunes médecins dans les broutilles qu'ils publient, l'*ultima ratio*. La répercussion de pareils procédés sur les mœurs de la jeune génération d'écrivains est inévitable, aussi ne m'étonné-je nullement de voir, dans les œuvres nouvelles dont nos belles-lettres se sont enrichies, depuis dix ou quinze ans, les héros boire trop de vodka et les héroïnes manquer à la pudeur.

Je lis des livres français et regarde par la fenêtre ouverte, j'aperçois les pointes de ma palissade, deux ou trois arbres chétifs, et, plus loin, par-delà la palissade, les champs, puis une large bande de bois de pins. Souvent je contemple un gamin et une fillette, tous deux blonds et déguenillés, qui grimpent sur la palissade et rient de ma calvitie. Dans leurs yeux brillants je lis : « R'garde ! Un çauve ! » Ce sont, je crois, les seuls êtres qui ne se soucient ni de ma célébrité ni de mon rang.

Ce n'est pas tous les jours que j'ai des visites. Je ne mentionnerai que celles de Nicolaï et d'Ignatiévitch. Nicolaï vient ordinairement le dimanche, sous prétexte d'affaires, mais davantage pour me voir. Il arrive violemment éméché, ce qui ne se produit jamais l'hiver.

« Que racontes-tu ? lui demandé-je en allant l'accueillir dans le vestibule.

— Excellence ! dit-il en portant la main sur son cœur et en me regardant avec une joie d'amoureux. Excellence ! Que Dieu me punisse ! Que je sois foudroyé à l'instant même ! *Gaudeamus igitur juvenestus !* »

Et il baise voracement mes épaules, mes manches, mes boutons.

« Tout va bien, là-bas ?

— Excellence ! Comme devant le vrai Dieu... »

Il ne cesse de prendre Dieu à témoin sans nécessité, il m'ennuie vite et je l'envoie à la cuisine où on lui donne à manger. Ignatiévitch vient aussi le dimanche, exprès pour prendre de mes nouvelles et me faire part de ses idées. Il s'assied d'ordinaire près de la table, modeste, propret, réfléchi, sans oser croiser les jambes ou s'accouder ; et, sans discontinuer, il se met à me raconter de sa voix douce, égale, d'un ton uni, livresque, des nouvelles, à son avis pleines d'intérêt et de piquant, qu'il a lues dans les revues ou les livres. Toutes ces nouvelles se ressemblent et relèvent du type que voici : un Français vient de faire une découverte ; un autre, un Allemand, l'a convaincu de faux, en démontrant que cette découverte avait été faite, dès 1870, par un Américain ; un troisième, un Allemand aussi, plus malin que les deux autres, a montré qu'ils avaient fait une gaffe et pris les bulles d'air qu'ils voyaient au microscope pour des pigments noirs. Ignatiévitch, même lorsqu'il veut me faire rire, fait un exposé long, circonstancié, comme s'il soutenait une thèse, avec l'énumération détaillée des sources dont il s'est servi, en s'efforçant de ne se tromper ni dans les dates ou les numéros de revues, ni dans les noms ; de plus il ne dit jamais Petit tout court, mais infailliblement Jean-Jacques Petit. Il lui arrive de rester à déjeuner ; alors, pendant tout le repas, il raconte ces mêmes histoires piquantes qui abattent tous les convives. Si Gnäcker et Lisa se mettent à parler devant lui de fugue et de contrepoint, de Bach et de Brahms, il baisse modestement les yeux et prend un air confus ; il a honte qu'en présence de gens sérieux comme lui et moi on parle de platitudes pareilles.

Dans mon humeur actuelle, il lui suffit de cinq minutes pour m'assommer autant que si je le voyais et l'entendais depuis l'éternité. Je déteste ce malheureux. Sa voix douce, égale, son parler livresque me font languir, ses récits m'abrutissent... Il a pour moi les meilleurs sentiments, ne me parle que pour me faire plaisir, et moi, en échange, je le regarde fixement dans les yeux, comme pour l'hypnotiser, en pensant : « Va-t'en, va-t'en, va-t'en... » Mais il n'obéit pas à la suggestion et reste, reste, reste...

Tant qu'il est chez moi, je ne peux me défaire de l'idée qu'il est fort possible qu'à ma mort, il soit nommé à ma place, et mon malheureux auditoire m'apparaît comme une oasis où l'oued est tari ; je me montre envers Ignatiévitch malgracieux, taciturne, maussade comme si c'était lui et non moi qui s'était rendu coupable de semblables pensées. Quand, à l'accoutumée, il se met à exalter les savants allemands, je ne le moque plus avec ma bonhomie d'autrefois, mais je grommelle d'un ton maussade :

« Vos Allemands sont des ânes... »

Cela rappelle feu le professeur Nikita Krylov[*], qui, se baignant un jour à Revel, en compa-

* Nikita Krylov (1807-1879) : juriste.

gnie de Pirogov, et furieux que l'eau fût gla-
cée, pesta : « Gredins d'Allemands ! » Je me
conduis mal avec Ignatiévitch, mais c'est seulement lorsqu'il s'en va et que je vois, par la
fenêtre, disparaître son chapeau gris derrière
la palissade, que j'ai envie de l'appeler et de
lui dire : « Pardonnez-moi, mon ami ! »

Le repas est plus ennuyeux qu'en hiver. Ce
Gnäcker, qu'à présent je hais et je méprise,
déjeune chez moi presque chaque jour. Avant,
je supportais sa présence sans rien dire, mais
maintenant je lance à son adresse des pointes
qui font rougir ma femme et Lisa. Cédant à
la méchanceté je dis souvent et sans savoir
pourquoi de pures bêtises. Il m'est ainsi arrivé
un jour de regarder longuement Gnäcker avec
mépris, puis de lâcher sans rime ni raison :

« Parfois les aigles volent plus bas que la volaille,
Mais jamais poule ne saura monter plus haut que
l'aigle... »

Et ce qui me contrarie le plus, c'est que la
poule Gnäcker se montre nettement plus in-

* Citation de *L'Aigle et les Poules*, du fabuliste Ivan Krylov
(1769-1844).

telligente que l'aigle-Monsieur le professeur. Sachant que ma femme et ma fille sont de son côté, il observe la tactique suivante : il répond à mes pointes par un silence indulgent (Il déménage, le vieux, semble-t-il dire, à quoi bon lui répondre ?) ou me raille avec bonhomie. C'est étonnant à quel point un homme peut baisser. Je suis capable de rêver, pendant tout le repas, qu'on découvrira que Gnäcker est un aventurier, que Lisa et ma femme comprendront leur erreur et que ce sera mon tour de les taquiner. Faire des rêves aussi absurdes quand on a déjà un pied dans la tombe !

Il se produit maintenant des incidents dont je n'avais idée autrefois que par ouï-dire. Quelque honte que j'en aie, j'en rapporterai un, survenu récemment après déjeuner.

J'étais dans ma chambre, en train de fumer ma pipe. Comme à l'ordinaire ma femme entre, s'assied et se met à m'expliquer que je ferais bien, maintenant qu'il fait chaud et que j'en ai le temps, d'aller à Kharkov prendre des renseignements sur Gnäcker.

« Bien, j'irai… », acquiesçai-je.

Contente de moi, elle se lève et gagne la porte, mais revient aussitôt et dit :

« À propos, j'ai encore quelque chose à te demander. Je sais que tu vas te fâcher, mais mon devoir est de te prévenir. Excuse-moi, mais toutes nos connaissances et tous nos voisins commencent à dire que tu vas bien souvent chez Katia. Elle est intelligente, cultivée, je n'en disconviens pas, sa compagnie est agréable, mais, à ton âge et avec ta position sociale, c'est bizarre, tu sais, de trouver plaisir à sa société… En outre elle a une réputation qui… »

Tout mon sang reflue de mon cerveau, ma vue se brouille, je bondis et, me prenant la tête dans les mains, trépignant, je crie d'une voix méconnaissable : « Laissez-moi ! Laissez-moi ! Laissez-moi ! »

Je dois avoir un visage effrayant, une voix étrange, car ma femme pâlit soudain et se met à hurler, d'une voix elle aussi méconnaissable, désespérée. À ses cris, Lisa, Gnäcker, puis Iégor accourent…

« Laissez-moi ! crié-je. Dehors ! Laissez-moi ! »

Mes jambes se dérobent, je sens que je tombe dans les bras de quelqu'un, puis, pendant une fraction de seconde, j'entends quelqu'un pleurer et je sombre dans une syncope qui dure deux ou trois heures.

Maintenant parlons de Katia. Elle vient chaque jour, sur le soir, et, naturellement, mes connaissances et mes voisins ne peuvent pas ne pas le remarquer. Elle reste un instant et m'emmène faire une promenade en voiture. Elle a un cheval et un cabriolet neuf, acheté cet été. Elle vit par ailleurs sur un grand pied : elle a loué une vaste villa isolée dans un grand parc, où elle a transporté tout son mobilier de la ville, elle a deux femmes de chambre, un cocher... Souvent je lui demande :

« Katia, comment vivras-tu quand tu auras mangé l'argent que t'a laissé ton père ?

— On verra bien, répond-elle.

— Cet argent mérite beaucoup plus d'égards, mon amie. Il a été gagné par un homme de bien, il est le fruit d'un travail honnête.

— Vous me l'avez déjà dit, je le sais. »

Nous prenons d'abord à travers champs, puis par le bois de pins que j'aperçois de ma fenêtre. Comme autrefois, la nature me semble toujours belle, quoiqu'un diable me souffle que ces pins et ces sapins, que ces oiseaux et ces nuages blancs au ciel, d'ici à trois ou quatre mois, quand je serai mort, ne s'apercevront même pas de mon absence. Katia aime conduire son cheval et je suis content de voir qu'il fait beau et d'être assis à côté d'elle. Elle est de bonne humeur et ne me dit pas de méchancetés.

« Vous êtes un homme de grande qualité, dit-elle, un spécimen rare, et il n'y a pas d'acteur qui puisse vous jouer sur scène. Moi ou Fiodorovitch par exemple, même un mauvais acteur saurait nous jouer, mais vous, personne. Et je vous envie, je vous envie terriblement ! Car que suis-je ? Quoi, je vous le demande ? »

Elle réfléchit un instant et me dit :

« Je suis un phénomène négatif, n'est-ce pas ?

— Oui, répondis-je.

— Hum… Qu'y faire ? »

Que lui répliquer ? Il est facile de dire : « Travaille » ou « Distribue ta fortune aux pauvres » ou « Connais-toi toi-même » ; et comme c'est facile, je ne sais que répondre.

Mes confrères thérapeutes, quand ils enseignent l'art de soigner les maladies, conseillent d'« individualiser chaque cas particulier ». Il faut écouter ce conseil pour se convaincre que les moyens recommandés dans les manuels comme les meilleurs et les plus efficaces dans les cas banals sont absolument sans effet dans certains cas particuliers. Il en est de même des affections morales.

Mais il faut répondre, et je dis :

« Tu as trop de temps, ma chérie. Il te faut absolument une occupation. Au fait, pourquoi ne pas refaire du théâtre si c'est ta vocation ?

— Je ne peux pas.

— Tu as le ton et les façons d'une victime. Cela ne me plaît pas, ma chérie. C'est ta faute. Rappelle-toi : tu as commencé par t'irriter contre les gens et les usages, mais tu n'as rien fait pour les améliorer les uns et les autres. Tu n'as pas lutté contre le mal, tu as cédé à la lassitude et tu es la victime non de la lutte, mais de ta faiblesse. Bien sûr tu étais jeune, inexpérimentée, maintenant tout peut aller autrement. Vrai, essaie. Tu peineras, tu serviras un art sacré…

— Ne rusez pas, interrompt Katia. Entendons-nous une fois pour toutes : nous parlerons acteurs, actrices, écrivains, mais laissons l'art tranquille. Vous êtes un homme excellent, rare, mais vous ne comprenez pas suffisamment l'art pour le considérer, en votre âme et conscience, comme une chose sacrée. Vous n'avez pas le sens de l'art, vous n'avez pas d'oreille. Vous avez été occupé toute votre vie et vous n'avez pas eu le temps de les acquérir. D'ailleurs… je n'aime pas ces conversations sur l'art ! poursuit-elle nerveusement. On l'a couvert de tant de trivialité ! N'en parlons plus, je vous en prie.

— Qui l'a couvert de trivialité ? Les ivrognes par ivrognerie, les journaux par excès de familiarité, les penseurs par leur philosophie.

— La philosophie n'a rien à voir là-dedans.

— Si. Si on se met à philosopher, cela veut dire qu'on ne comprend pas. »

Pour éviter que la conversation prenne un tour trop brutal, je me hâte d'en changer ; ensuite, je reste longtemps sans rien dire. C'est seulement au moment où nous sortons du bois et nous acheminons vers sa villa que je reviens au sujet et lui demande :

« Tu ne m'as toujours pas dit pourquoi tu ne voulais pas redevenir actrice.

— C'est cruel, à la fin ! s'écrie-t-elle en devenant soudain toute rouge. Vous voulez que je dise la vérité tout haut ? Soit, si cela… si c'est votre plaisir ! Je n'ai pas de talent ! Pas de talent et… beaucoup d'amour-propre ! Voilà ! »

M'ayant fait cet aveu, elle détourne la tête et, pour cacher le tremblement de ses mains, tire violemment les rênes.

En arrivant à sa villa, nous apercevons de loin Fiodorovitch qui fait les cent pas devant le portail et nous attend avec impatience.

« Encore lui ! dit Katia avec dépit. Délivrez-moi de lui, je vous en prie ! Il m'assomme, il a fait son temps… Qu'il aille au diable ! »

Il y a longtemps qu'il doit partir pour l'étranger, mais il remet son départ de semaine en semaine. Ces derniers temps il a changé : il s'est comme affaissé, il s'enivre, ce qui ne lui arrivait jamais autrefois, et ses sourcils noirs grisonnent. Quand notre voiture s'arrête à la porte, il ne dissimule pas sa joie et son impatience. Il s'empresse de nous aider à descendre, de nous poser des questions, rit, se frotte les mains, et l'expression timide, suppliante, pure, que je ne remarquais naguère que dans son regard, se lit maintenant sur tout son visage. Il est radieux, et en même temps il a honte de sa joie, il a honte de cette habitude qu'il a de venir tous les soirs chez Katia et il juge nécessaire de motiver sa venue par quelque absurdité évidente comme : « Je passais devant chez vous, allant régler une affaire et je me suis dit : Je vais m'arrêter un instant. »

Nous entrons tous les trois ; nous commençons par prendre le thé, puis paraissent sur la table deux jeux de cartes, le gros fromage, les fruits et la bouteille de champagne de Crimée que je connais depuis longtemps. Le sujet de nos conversations n'a rien de nouveau, c'est toujours le même que cet hiver. L'université, les étudiants, la littérature, le théâtre en prennent pour leur compte ; la médisance rend l'atmosphère épaisse, irrespirable et ce ne sont plus deux crapauds, comme cet hiver, mais trois, qui l'empoisonnent de leur haleine. Outre le rire chaud et velouté et les roulades en cascade pareilles à celles de l'accordéon, la femme de chambre qui nous sert entend encore un ricanement fêlé, pareil à celui d'un général de vaudeville : hé-hé-hé…

V

Il y a des nuits épouvantables avec tonnerre, éclairs, pluie et vent que les gens du peuple appellent « nuits de moineaux ». Il y en a eu une toute pareille dans ma vie…

Je m'endors à minuit passé et soudain je saute à bas de mon lit. J'ai l'impression que je vais mourir subitement, là, tout de suite. Pourquoi cette impression ? Je ne relève aucune sensation physique indiquant une fin prochaine, mais la terreur oppresse mon âme comme si j'avais soudain aperçu un embrasement immense, sinistre, dans le ciel.

Je me hâte d'allumer, bois de l'eau à même la carafe, puis me précipite vers la fenêtre ouverte. Le temps est magnifique. L'air sent le foin et un autre parfum très doux. Je vois les pointes de la palissade, les arbres chétifs qui dorment près de la fenêtre, la route, la bande sombre des bois ; au ciel la lune sereine brille de tout son éclat, il n'y a pas un nuage. C'est le calme absolu, pas une feuille ne bouge. Il me semble que tout me regarde et écoute comment je vais mourir.

J'ai peur. Je ferme la fenêtre et cours à mon lit. Je me tâte le pouls et, ne le trouvant pas au poignet, je le cherche aux tempes, puis sous le menton, de nouveau au poignet et tout cela est froid, gluant de sueur. Ma respiration se précipite, mon corps tremble, toutes mes entrailles se convulsent, j'ai l'impression que mon visage et mon crâne chauve s'enveloppent d'une toile d'araignée.

Que faire ? Appeler ma famille ? Non, c'est inutile. Je ne vois pas ce que pourraient faire ma femme et Lisa en venant ici.

Je me cache la tête sous l'oreiller, ferme les yeux et j'attends, j'attends… J'ai froid dans le dos, il me semble qu'il se recroqueville à l'intérieur ; je suis convaincu que la mort va me prendre par-derrière, sans bruit.

« Kivi-kivi ! » un cri perçant retentit soudain dans le silence de la nuit et je ne sais où il résonne : dans ma tête ou dans la rue.

« Kivi-kivi ! »

Mon Dieu, que c'est effrayant ! Je reboirais bien de l'eau, mais j'ai peur d'ouvrir les yeux et de lever la tête. Mon épouvante est irraisonnée, animale et je ne puis comprendre d'où elle vient : est-ce l'envie de vivre encore ou la crainte d'une douleur nouvelle, encore inconnue ?

Au-dessus du plafond, quelqu'un gémit ou bien rit, je ne sais... Je prête l'oreille. Peu après des pas se font entendre dans l'escalier. Quelqu'un descend à la hâte, puis remonte. Un instant après, on redescend à nouveau ; on s'arrête à ma porte et on écoute.

« Qui est là ? » crié-je.

La porte s'ouvre, je desserre hardiment les paupières et j'aperçois ma femme. Elle est pâle et a les yeux rouges.

« Tu ne dors pas, Nicolaï ? demande-t-elle.

— Qu'est-ce que tu veux ?

— Au nom du ciel... va chez Lisa et examine-la. Elle a quelque chose...

— Bon... avec plaisir..., bredouillé-je, très content de ne pas être seul. Bon... Tout de suite. »

Je suis ma femme, écoute ce qu'elle me dit sans la comprendre tant je suis ému. Sur les marches de l'escalier les reflets de sa bougie dansent, nos longues ombres tremblent, mes pieds se prennent dans les pans de ma robe de chambre, je suffoque et j'ai l'impression que quelque chose me poursuit et cherche à me saisir par-derrière. « Je vais mourir tout de suite ici, dans cet escalier, pensé-je. Tout de suite… » Mais nous avons monté l'escalier, longé le couloir sombre et sa baie vitrée et nous entrons dans la chambre de Lisa. Elle est assise sur le bord de son lit, en chemise de nuit, les pieds nus et elle geint.

« Oh, mon Dieu… oh, mon Dieu ! bre-douille-t-elle, en clignant des yeux à cause de la bougie. Je n'en peux plus, je n'en peux plus…

— Lisa, ma petite, dis-je. Qu'as-tu ? »

En me voyant elle pousse un cri et se jette à mon cou.

« Mon bon papa…, sanglote-t-elle, mon gentil papa… mon petit papa, mon bien cher papa… Je ne sais pas ce qui m'arrive… J'ai mal. »

Elle me serre dans ses bras, m'embrasse et murmure les mots câlins que je lui entendais dire lorsqu'elle était enfant.

« Calme-toi, ma petite, voyons ! dis-je. Ne pleure pas. Moi aussi, j'ai mal. »

J'essaie de la couvrir, ma femme la fait boire et nous nous bousculons tous deux près du lit, mon épaule heurte la sienne et, à ce moment, je me souviens du temps où nous baignions ensemble nos enfants.

« Il faut la secourir, supplie ma femme. Fais quelque chose ! »

Que puis-je faire ? Je ne puis rien. Elle a un poids sur le cœur, mais je ne comprends rien, je ne sais rien et je puis seulement bredouiller :

« Ce n'est rien, ce n'est rien… Ça passera… Dors, dors… »

Comme un fait exprès, le hurlement d'un chien s'élève tout à coup dans notre cour, d'abord sourd et indécis, puis retentissant, et un autre hurlement lui répond. Je n'avais jamais attribué de signification aux présages comme le hurlement d'un chien ou le ululement d'une chouette, mais à présent mon cœur se serre douloureusement et je me dépêche de chercher une explication à ce hurlement.

« Bagatelles…, pensé-je. Influence d'un organisme sur un autre. L'état de tension nerveuse où je me trouve s'est transmis à ma femme, à Lisa, au chien, voilà tout… C'est cette transmission qui explique les pressentiments, les présages… »

116

Lorsque, quelques instants plus tard, je regagne ma chambre afin de rédiger une ordonnance pour Lisa, je ne me dis plus que je vais bientôt mourir, je me sens simplement le cœur lourd, plein d'ennui, à tel point que j'en viens à regretter de ne pas être mort sur le coup. Je reste un long moment immobile, debout ; au milieu de ma chambre, à me demander ce que je vais prescrire à Lisa, mais là-haut les gémissements s'apaisent, je décide de ne rien écrire du tout, et pourtant je reste planté au milieu de la pièce...

Il règne un silence de mort, un silence tel que, selon le mot d'un écrivain, les oreilles vous tintent. Le temps passe lentement, sur l'appui de la fenêtre, les rayons de lune restent, demeurent immobiles, comme figés... L'aube est encore loin.

Mais le portillon de la palissade grince, quelqu'un s'approche à pas de loup, casse un rameau à l'un de mes arbres chétifs et s'en sert pour frapper doucement à ma fenêtre. Puis on m'appelle dans un murmure.

J'ouvre et je crois rêver : sous la fenêtre, plaquée contre le mur, une femme en robe noire, violemment éclairée par la lune, me regarde avec de grands yeux. La lune lui fait une figure pâle, grave et fantastique, pareille à un visage de marbre, son menton tremble.

« C'est moi, dit-elle, Katia ! »

À la clarté de la lune tous les yeux de femmes paraissent grands et noirs, les gens plus grands et plus pâles, c'est ce qui fait sans doute que je ne l'ai pas reconnue tout de suite.

« Que veux-tu ?

— Pardonnez-moi, dit-elle. J'ai ressenti soudain, sans savoir pourquoi, une peine insupportable... Je n'ai pu y tenir et je suis venue... J'ai vu de la lumière à votre fenêtre et... et je me suis décidée à frapper. Excusez-moi... Oh ! si vous saviez comme j'étais malheureuse ! Que faites-vous en ce moment ?

— Rien... Je ne dors pas.

— J'ai eu comme un pressentiment. Bah ! ce sont des bêtises. »

Ses sourcils se soulèvent, ses yeux brillent de larmes et son visage irradie de son air confiant d'autrefois que je ne lui avais pas vu depuis si longtemps.

« Mon cher ami, me dit-elle d'une voix suppliante, en tendant vers moi ses deux bras, je vous en prie… je vous en supplie… Si vous ne méprisez pas mon amitié et le respect que je vous porte, accueillez ma prière !

— De quoi s'agit-il ?

— Prenez mon argent !

— Qu'est-ce que tu vas chercher là ! Qu'ai-je à faire de ton argent ?

— Vous irez vous soigner… Il faut vous soigner. Vous acceptez ? Oui ? C'est oui, mon ami ? »

Elle me mange des yeux et répète :

« C'est oui ? Vous acceptez ?

— Non, ma chérie…, dis-je. Merci. »

Elle me tourne le dos et baisse la tête. J'ai dû lui refuser sur un ton sans réplique.

« Va te coucher, dis-je. Nous nous verrons demain.

— C'est donc que vous ne me considérez pas comme votre amie ? demande-t-elle tristement.

— Je ne dis pas ça. Mais maintenant, ton argent ne m'est d'aucune utilité.

— Excusez-moi… dit-elle en baissant la voix d'un octave. Je vous comprends… Avoir des obligations envers une personne comme

moi... une ancienne actrice... Allons, au revoir... »

Et elle s'en va si vite que je n'ai même pas
le temps de lui dire au revoir.

VI

Je suis à Kharkov.

Comme il serait vain de lutter contre mes
dispositions d'esprit actuelles et que c'est au-
dessus de mes forces, j'ai décidé que mes derniers jours seraient, au moins formellement,
irréprochables ; s'il est vrai que j'ai des torts
envers ma famille, ce que je reconnais parfaitement, je vais m'employer à faire ce qu'elle
veut. Elle veut que j'aille à Kharkov, allons à
Kharkov. Et puis, ces temps derniers, je suis
devenu si indifférent à tout, qu'il m'est déci-
dément égal d'aller où que ce soit, à Kharkov,
à Paris ou à Berditchev.

Je suis arrivé ici à midi et je suis descendu
dans un hôtel voisin de la cathédrale. Le train
m'a donné la nausée, ses courants d'air m'ont
transi et maintenant, me voilà assis sur mon
lit, me tenant la tête et attendant ma névral-

gie. Je devais dès aujourd'hui aller rendre visite à mes collègues, mais je n'en ai ni l'envie ni la force.

Le vieux garçon d'étage entre et me demande si j'ai des draps. Je le retiens cinq minutes et lui pose quelques questions sur Gnäcker, à cause duquel je suis venu ici. Le garçon est natif de Kharkov, qu'il connaît comme les cinq doigts de la main, mais il ne connaît aucune maison portant le nom de Gnäcker. Je lui parle de la propriété — même réponse.

La pendule du couloir sonne une heure, puis deux, puis trois… Ces derniers mois de mon existence que je passe dans l'attente de la mort me semblent beaucoup plus longs que ma vie tout entière. Et jamais je n'ai su composer, comme maintenant, avec la lenteur du temps. Autrefois, quand j'attendais un train ou que je faisais passer un examen, un quart d'heure me paraissait une éternité, aujourd'hui je suis capable de rester toute une nuit assis dans mon lit sans bouger et de penser avec une parfaite indifférence que, demain, la nuit sera aussi longue, aussi terne, et après-demain aussi…

La pendule sonne cinq, six, sept heures… L'air s'obscurcit.

Je sens une douleur sourde dans la joue : c'est ma névralgie qui commence. Pour m'occuper à penser, je me place à mon point de vue d'autrefois, lorsque je n'étais pas indifférent, et je me demande pourquoi moi un homme célèbre, un conseiller secret, je me trouve dans cette petite chambre d'hôtel, sur ce lit avec sa couverture grise qui ne m'appartient pas ? Pourquoi regardé-je ce lavabo de fer-blanc de trois sous et écouté-je vibrer dans le couloir cette sale horloge ? Tout cela est-il digne de ma gloire et de ma haute situation ? À toutes ces questions je me réponds par un sourire moqueur. Dérisoire me semble la naïveté avec laquelle je m'exagérais jadis, dans ma jeunesse, l'importance de la notoriété et de la situation exceptionnelle dont jouissent, pensais-je, les hommes célèbres. Je suis connu, on prononce mon nom avec vénération, la *Niva** et *L'Illustré universel*** ont publié mon portrait, j'ai trouvé ma biographie jusque dans

---

* *La Niva* : revue illustrée à grand tirage.
** *L'Illustré universel* : revue illustrée publiée à Pétersbourg.

unc revue allemande, et que résulte-t-il de tout cela ? Me voilà tout seul dans une ville étrangère, sur un lit étranger, à frotter de la main ma joue douloureuse... Les chamailleries de la famille, l'implacabilité des créanciers, la grossièreté des employés de chemin de fer, les incommodités du régime des passeports intérieurs, la cherté et la mauvaise qualité des repas servis dans les buffets, l'impolitesse et la vulgarité générales, tout cela et bien d'autres choses qu'il serait trop long d'énumérer m'affectent autant que le premier petit-bourgeois venu dont la renommée ne s'étend pas au-delà de sa rue. En quoi se manifeste le caractère exceptionnel de ma situation ? Admettons que je sois mille fois célèbre, que je sois un héros dont s'enorgueillit ma patrie, que tous les journaux publient mes bulletins de santé, que mes confrères, mes élèves, le public m'envoient des adresses de sympathie, cela ne m'empêchera pas de mourir sur un lit étranger, dans l'angoisse, dans une entière solitude... La faute n'en est à personne, bien sûr, mais, je l'avoue, je n'aime pas la célébrité attachée à mon nom. Il me semble qu'elle m'a trahi.

Vers dix heures je m'endors et, malgré ma névralgie, je dors solidement et j'aurais dormi longtemps si l'on ne m'avait réveillé. Il est une heure passée, quand on frappe soudain à ma porte.

« Qui est-ce ?

— Un télégramme !

— Vous auriez pu attendre à demain, dis-je avec colère au valet de chambre. Je ne me rendormirai plus.

— Je m'excuse… Votre lampe était allumée, j'ai cru que vous ne dormiez pas. »

J'ouvre le télégramme et regarde en premier lieu la signature : c'est de ma femme. Que me veut-elle ?

« Gnäcker et Lisa mariés secrètement hier. Reviens. »

Une fois le télégramme déchiffré, ma terreur est de courte durée. Ce qui m'effraie, ce n'est pas la conduite de Lisa et de Gnäcker, mais l'indifférence avec laquelle j'accueille la nouvelle de leur mariage. On dit que les philosophes et les vrais sages sont indifférents. C'est faux, l'indifférence est une paralysie de l'âme, une mort anticipée.

Je me recouche et cherche un sujet de

réflexion pour m'occuper l'esprit. À quoi penser ? Je crois que j'ai déjà tout pensé et repensé et qu'il n'est rien qui puisse me stimuler.

L'aube me trouve assis dans mon lit, les genoux entre les mains, essayant par désœuvrement de me connaître moi-même. « Connais-toi toi-même » est un conseil très beau et très utile ; il est dommage seulement que les anciens ne se soient pas avisés d'en indiquer le mode d'emploi.

Autrefois, quand il me venait l'envie de comprendre quelqu'un ou de me comprendre moi-même, je prenais en considération non pas les actes, où tout est conventionnel, mais les désirs. Dis-moi ce que tu désires, et je te dirai qui tu es.

Maintenant je me soumets aussi moi-même à l'examen : qu'est-ce que je désire ?

Je désire que nos femmes, nos enfants, nos amis, nos élèves aiment en nous, non pas des noms, des marques de fabrique, des étiquettes, mais des êtres ordinaires. Quoi encore ? Je voudrais avoir des assistants et des successeurs. Quoi encore ? Je voudrais me réveiller dans cent ans et voir, ne serait-ce que d'un œil, ce que sera devenue la science. Je voudrais vivre encore une dizaine d'années… Et puis ?

Et puis rien. Je réfléchis, je réfléchis longuement et ne puis rien imaginer de plus. Et, quel que soit le nombre de mes pensées et les directions où elles se dispersent, je vois clairement qu'il manque à mes désirs quelque chose d'essentiel, le principal. Ma passion pour la science, mon désir de vivre, cette station sur un lit étranger et mon aspiration à me connaître moi-même, toutes mes pensées, tous mes sentiments, toutes les idées que je me fais de chaque chose, manquent de l'élément de liaison qui en ferait un tout. Chacun de mes sentiments et chacune de mes pensées vit pour son propre compte, et dans tous les jugements que je porte sur la science, le théâtre, la littérature, mes étudiants, dans tous les tableaux que me trace mon imagination, l'analyste le plus expert ne découvrirait pas ce qui s'appelle une idée générale ou le Dieu des vivants.

Et faute de cela, il n'y a rien.

Devant un pareil dénuement, il a suffi d'une maladie grave, de la crainte de la mort, de l'influence des circonstances et des gens pour que tout ce que j'appelais autrefois ma conception du monde et en quoi je voyais le sens et la joie de mon existence se retrouvât sens dessus dessous et volât en éclats. Aussi n'est-il pas étonnant que les derniers mois de ma vie aient été obscurcis par des pensées et des sentiments dignes d'un esclave et d'un barbare, que je sois devenu indifférent et ne remarque plus la venue de l'aurore. Quand on est démuni de ce qui est plus haut et plus fort que toutes les influences extérieures, il vous suffit d'un bon rhume, vrai ! pour vous faire perdre votre équilibre, vous faire voir dans chaque oiseau une chouette et entendre dans chaque bruit le hurlement d'un chien. Et tout votre pessimisme ou votre optimisme, avec leur cortège de grandes ou de petites pensées, n'a plus à ce moment-là qu'une va-leur de symptôme, rien de plus.

Je suis vaincu. S'il en est ainsi, ce n'est plus la peine de continuer à penser, il n'y a plus rien à dire. Je vais attendre en silence ce qu'il adviendra.

Le matin, le garçon d'étage m'apporte mon thé et le journal local. Machinalement je lis les annonces de la première page, l'éditorial, la revue de la presse, la chronique… Entre autres j'y trouve cette nouvelle : « Nicolaï Untel, l'éminent savant et professeur émérite, est arrivé hier à Kharkov par le rapide. Il est descendu à l'hôtel X… »

Sans doute les grands noms sont-ils créés pour vivre indépendamment de ceux qui les portent. Pour l'instant mon nom court paisiblement les rues de Kharkov ; dans deux ou trois mois, inscrit en lettres d'or sur une stèle funéraire, il brillera comme le soleil lui-même — et cela, alors que je serai déjà couvert de mousse…

Un léger coup à la porte. On me demande. « Qui est là ? Entrez. »

La porte s'ouvre et, dans mon étonnement, je fais un pas en arrière et me hâte de croiser les pans de ma robe de chambre. C'est Katia.

« Bonjour, dit-elle, tout essoufflée d'avoir monté l'escalier. Vous ne m'attendiez pas ? Moi aussi… je suis venue ici. »

Elle s'assied et continue, en bégayant et sans me regarder :

« Pourquoi ne me dites-vous pas bonjour ? Je suis arrivée… aujourd'hui… J'ai appris que vous étiez à cet hôtel et je suis venue.

— Je suis très content de te voir, dis-je en haussant les épaules, mais plutôt surpris... Tu tombes vraiment du ciel. Pourquoi es-tu ici ?

— Moi ! Comme ça... L'idée m'a prise de partir et je suis venue. »

Un silence. Soudain elle se lève brusquement et s'approche.

« Je ne peux plus vivre ainsi, dit-elle, en pâlissant et en pressant ses mains sur sa poitrine. Monsieur Stepanovitch ! Je ne peux plus ! Au nom du vrai Dieu, dites-moi au plus vite, à l'instant même, ce que je dois faire. Mais dites-le-moi !

— Que puis-je dire ? repartis-je en proie à la perplexité. Je ne peux rien dire.

— Dites-le-moi, je vous en supplie ! poursuit-elle, haletante et tremblant de tous ses membres. Je vous jure que je ne peux plus vivre ainsi ! Je n'en ai plus la force ! »

Elle tombe sur une chaise et se met à sangloter. Elle rejette la tête en arrière, se tord les mains, trépigne ; son chapeau est tombé et se balance au bout de son élastique, sa coiffure est défaite.

« Aidez-moi ! Aidez-moi ! supplie-t-elle. Je n'en peux plus ! »

Elle sort son mouchoir de son sac de voyage et en ramène en même temps quelques lettres qui glissent de ses genoux sur le plancher. Je les ramasse, reconnais sur l'une d'elles l'écriture de Fiodorovitch et, sans le vouloir, lis un fragment de mot « passion... ».

« Je ne puis rien te dire, Katia.

— Aidez-moi ! sanglote-t-elle en saisissant ma main et en la baisant. Vous êtes mon père, mon seul ami ! Vous êtes intelligent, instruit, vous avez une longue vie derrière vous ! Vous avez été professeur ! Dites-moi ce que je dois faire.

— Honnêtement, Katia, je ne sais pas... »

Je suis désemparé, confus, touché par ses sanglots et je tiens à peine sur mes jambes.

« Allons déjeuner, Katia, dis-je avec un sourire forcé. Assez pleuré ! »

Et aussitôt j'ajoute d'une voix défaillante :

« Bientôt je ne serai plus, Katia...

— Rien qu'un mot, rien qu'un mot ! dit-elle au milieu des larmes en tendant les mains vers moi. Que dois-je faire ?

— Tu es vraiment extraordinaire ! murmuré-je. Je ne comprends pas ! Intelligente comme tu es, et, tout à coup, comme ça, tu fonds en larmes... »

Un silence suit. Katia arrange sa coiffure, remet son chapeau, puis froisse ses lettres en boule et les fourre dans son sac, tout cela sans dire un mot et sans se presser. Sa figure, sa poitrine et ses gants sont humides de larmes, mais l'expression de son visage est déjà sèche, sévère... Je la regarde et j'ai honte d'être plus heureux qu'elle. Je n'ai observé l'absence en moi de ce que mes collègues les philosophes appellent une idée générale que peu de jours avant ma mort, au déclin de mes jours, tandis que l'âme de cette pauvre enfant n'a pas connu et ne connaîtra pas la quiétude de toute sa vie. De toute sa vie !

« Allons déjeuner, Katia, dis-je.

— Non, merci », répond-elle avec froideur.

Une minute encore s'écoule dans le silence.

« Je n'aime pas Kharkov, dis-je. C'est trop gris. C'est une ville grise.

— Oui, peut-être... C'est laid... Je n'y suis pas pour longtemps... Je ne fais que passer. Je repars aujourd'hui même.

— Où vas-tu ?

— En Crimée... c'est-à-dire dans le Caucase.

— Ah ? Pour longtemps ?

— Je ne sais pas. »

Elle se lève et, avec un sourire glacé, sans me regarder, me tend la main.

Je voudrais lui demander : « Alors, tu ne seras pas à mon enterrement ? » Mais elle ne me regarde pas, sa main est froide, comme morte. Je l'accompagne à la porte, sans rien dire… La voilà hors de ma chambre, elle suit le long couloir, sans se retourner. Elle sait que je l'accompagne des yeux et se retournera sans doute à l'angle.

Non, elle ne s'est pas retournée. Sa robe noire m'est apparue une dernière fois, ses pas se sont évanouis… Adieu, mon incomparable !

Julian BARNES   *À jamais* et autres nouvelles
Trois nouvelles savoureuses et pleines d'humour du plus francophile
des écrivains britanniques.

John CHEEVER   *Une Américaine instruite* précédé de
                                Adieu, mon frère
John Cheever pénètre dans les maisons de la *middle class* américaine
pour y dérober les secrets inavouables et nous les dévoile pour notre
plus grand bonheur de lecture.

COLLECTIF   *« Que je vous aime, que je t'aime ! »*
                                Les plus belles déclarations d'amour
Vous l'aimez. Elle est tout pour vous – il est le Prince charmant, mais
vous ne savez pas comment le lui dire ? Ce petit livre est pour vous !

André GIDE   *Souvenirs de la cour d'assises*
Dans ce texte dense et grave, Gide s'interroge sur la justice et son
fonctionnement, mais surtout insiste sur la fragile barrière qui sépare
les criminels des honnêtes gens.

Jean GIONO   *Notes sur l'affaire Dominici* suivi de
                                Essai sur le caractère des personnages
Dans ce témoignage pris sur le vif d'une justice qui tâtonne, Giono
soulève des questions auxquelles personne, à ce jour, n'a encore
répondu…

Jean de LA FONTAINE   *Comment l'esprit vient aux filles*
                                et autres contes libertins
Hardis et savoureux, les *Contes* de La Fontaine nous offrent une subtile
leçon d'érotisme où style et galanterie s'unissent pour notre plus grand
plaisir…

J. M. G. LE CLÉZIO   *L'échappé* suivi de *La grande vie*
Deux magnifiques nouvelles d'une grande humanité pour découvrir l'univers de J. M. G. Le Clézio, prix Nobel de littérature 2008.

Yukio MISHIMA   *Papillon* suivi de *La lionne*
Dans ces deux nouvelles sobres et émouvantes, le grand romancier japo-
nais explore différentes facettes de l'amour et de ses tourments.

John STEINBECK *Le meurtre* et autres nouvelles

Dans un monde d'hommes, rude et impitoyable, quatre portraits de femmes fortes par l'auteur des *Raisins de la colère*.

VOLTAIRE *L'Affaire du chevalier de La Barre*
précédé de *L'Affaire Lally*

Directement mis en cause dans l'affaire du chevalier de La Barre, Voltaire s'insurge et utilise sa meilleure arme pour dénoncer l'injustice : sa plume.

Composition Nord Compo
Impression Novoprint
à Barcelone, le 2 mars 2009
1ᵉʳ dépôt légal dans la collection : mars 2009
Dépôt légal : septembre 2005

ISBN 978-2-07-31678-6./ Imprimé en Espagne